I0674897

LA NOBLESSE

ET

LE COMMERCE.

Dédié
A LA PETITE NOBLESSE DE PROVINCE.

OUVRAGE ENTREMÊLÉ DE
DEUX SATIRES EN VERS,
ET SUIVI D'UN RECUEIL DE
CHANSONS
TROUVÉES DERRIÈRE UN COMPTOIR
PAR LE FILS D'UN COMMERÇANT, AVOCAT,
AUTEUR DE L'ÉPITRE AUX ÉTUDIANTS EN DROIT.

Le Noble de Province, inutile à sa patrie, à sa famille et à lui-même, souvent sans toit, sans habits, et sans aucun mérite, répète dix fois le jour qu'il est gentilhomme, traite les fourrures et les mortiers de bourgeoisie : occupé toute sa vie de ses parchemins et de ses titres, qu'il ne changerait pas contre les masses d'un chancelier. LA BRUYÈRE, CHAP. XI.

Le Commerce guérit des préjugés destructeurs; et c'est presque une règle générale, que partout où il y a des mœurs douces, il y a du commerce, et que partout où il y a du commerce, il y a des mœurs douces.
MONTESQUIEU, DE L'ESPRIT DES LOIS, LIV. XX, CH. I.

PARIS,
CHEZ LES PRINCIPAUX LIBRAIRES,
ET DANS LES DÉPARTEMENTS.

M. DCCC. XXXVII.

LA NOBLESSE

ET

LE COMMERCE.

DU MÊME AUTEUR.

AUX ÉTUDIANTS EN DROIT,

Épître en Vers,

PAR UN JEUNE AVOCAT.

Deuxième Édition

REVUE, AUGMENTÉE

DE DEUX CHANSONS

ET ORNÉE D'UNE VIGNETTE DE

J. J. GRANDVILLE,

GRAVÉE SUR BOIS PAR PORRET.

IMPRIMÉ PAR FIRMIN DIDOT FRÈRES,

Papier vélin, in-8° :

Prix : 1 fr. 25 c.

PARIS,

CHEZ LES PRINCIPAUX LIBRAIRES DU QUARTIER LATIN,

ET CHEZ LES MARCHANDS DE NOUVEAUTÉS.

LA NOBLESSE

ET

LE COMMERCE.

Dédié

A LA PETITE NOBLESSE DE PROVINCE.

OUVRAGE ENTREMÊLÉ DE

DEUX SATIRES EN VERS,

ET SUIVI D'UN RECUEIL DE

CHANSONS

TROUVÉES DERRIÈRE UN COMPTOIR

PAR LE FILS D'UN COMMERÇANT, AVOCAT,

AUTEUR DE L'ÉPITRE AUX ÉTUDIANTS EN DROIT.

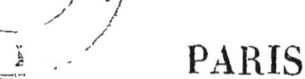

PARIS,

CHEZ LES PRINCIPAUX LIBRAIRES,
ET DANS LES DÉPARTEMENTS.

M. DCCC. XXXVII.

Table des Matières.

RECUEIL DE CHANSONS trouvées derrière un comptoir, *parmi des factures et des prix-courants.*

DEUX MOTS DE PRÉFACE.

J'aime à espérer que mon livre aura l'immense avantage d'être vu sans colère par la majeure partie de la Noblesse elle-même : la plus sûre garantie que j'en puisse avoir, c'est que, m'étant appliqué avec le soin le plus scrupuleux à éviter les *personnalités,* ceux qui voudraient se fâcher donneraient à penser tout naturellement qu'ils se reconnaissent eux-mêmes dans les différents personnages dont se composent les Satires et les Chansons : et du reste

HONNI SOIT QUI MAL Y PENSE.

Dédié

A LA PETITE NOBLESSE

DE PROVINCE.

————◦————

Le Noble de Province, inutile à sa patrie, à sa famille et à lui-même, souvent sans toit, sans habits, et sans aucun mérite, répète dix fois le jour qu'il est gentilhomme, traite les fourrures et les mortiers de bourgeoisie : occupé toute sa vie de ses parchemins et de ses titres, qu'il ne changeroit pas contre les masses d'un chancelier.

LA BRUYÈRE, CHAP. XI.

Le Commerce guérit des préjugés destructeurs; et c'est presque une règle générale, que partout où il y a des mœurs douces, il y a du commerce, et que partout où il y a du commerce, il y a des mœurs douces.

MONTESQUIEU, DE L'ESPRIT DES LOIS,
LIV. XX, CH. I.

LA NOBLESSE

ET

LE COMMERCE.

CHAPITRE PREMIER.

INTRODUCTION.

DÉCHÉANCE ET ORGUEIL.

Il eût été peu généreux, il y a sept ans, de fixer l'attention publique sur une classe de la société dont les anciens désastres excitaient encore une sorte de commisération, voisine de la sympathie, dans ces âmes françaises qui ne peuvent voir à leurs pieds un ennemi vaincu, sans lui tendre la main et lui rendre son épée. Le Peuple était encore dans la Rue : lui désigner du doigt la Noblesse, c'eût été lui dire assez qu'un bras capable de briser d'un seul coup trois Couronnes pouvait briser autre chose. . . . . Hommage soit rendu à la modération du vainqueur! Le morne silence de l'infortune, de la tristesse et du regret fut respecté. La tête basse, l'œil humide et tourné vers Cherbourg, la Noblesse put, sans aucun danger, jeter un dernier regard sur l'inexorable élément qui emportait loin d'elle sa dernière espérance : heureuse encore de devoir à la générosité du vainqueur l'existence et une patrie!

On put croire un instant que les leçons de l'expérience lui avaient enfin profité. Insensible en apparence à ses propres pertes, elle semblait ne regretter dans la *Légitimité* qu'une garantie de plus pour le repos de la France et de l'Europe; elle n'avait des larmes que pour les améliorations projetées par la famille déchue, en faveur des classes laborieuses et industrielles. Plus républicaine que la République, de même qu'autrefois elle avait été plus royaliste que le Roi, elle nous étourdissait des mots de LIBERTÉ, LIBERTÉ *d'opinions*, LIBERTÉ *de conscience, suffrage universel,* DROITS *électoraux, municipaux, communaux,* et semblait vouloir épuiser cette longue nomenclature *libérale* qui sonnait si mal à ses oreilles quelques années auparavant.

Lasse enfin de voir que ses petits manéges ne faisaient pas plus d'impression sur l'esprit du Peuple que le fard d'une vieille coquette sur le cœur d'un jeune homme, elle se rapprocha peu à peu de ce qu'elle appelait l'Aristocratie des Comptoirs : les grades furent brigués dans les rangs de la milice citoyenne; la filière des nobles recommandations reprit le chemin des antichambres ministérielles, et attendit son tour *côte à côte* avec la Bourgeoisie. Inclinée jusqu'à terre devant la Roture et le Commerce élevés au pouvoir, *léchant les bottes* non plus de l'Empereur, non plus du Corse *usurpateur* et *aventurier* (comme elle l'appelait après sa chute), mais *les bottes* des derniers restes de l'Empire, la Noblesse sollicita et obtint des places lucratives, des postes élevés, dans la Finance, l'Armée, la Magistrature et les Administrations. Ceux qui obtinrent ainsi du nouveau Pouvoir les faveurs qui leur faisaient amèrement regretter l'autre, ne se firent plus trop prier pour honorer de leur présence ce qu'ils appelaient auparavant les fêtes de l'Usurpation et des Barricades, et l'attrait des plaisirs semblait devoir compléter et consolider la fusion des amours-propres que l'intérêt avait commencée.

Mais deux Grandeurs d'origine différente ne sont pas longtemps en présence sans se froisser en s'entre-choquant. Oubliant que si elle vit encore c'est qu'on l'a laissée vivre, une Noblesse hautaine et jalouse ne voit pas sans un dépit mal dissimulé la Bourgeoisie en possession des branches principales de la haute administration, tenant sous sa main la première force militaire du pays, et admise son égale dans les salons de la Royauté. De là ces nouvelles intrigues contre la Bourgeoisie, cette sourde conspiration dont les ramifications s'étendent depuis les plus brillants salons du noble Faubourg jusqu'aux manoirs les plus obscurs et les plus reculés.

Mais, aux yeux de la Noblesse, la Bourgeoisie est personnifiée tout entière dans le Commerce, ce formidable rival qui, à force de persévérance et de courage, est parvenu à prendre dans l'État le rang qu'il doit occuper chez un peuple éminemment producteur et industriel. Ce sont les richesses du Commerce qui ont fourni au

Tiers État ses premières ressources et son premier levier; c'est du sein du Commerce qu'est sortie cette foule d'hommes distingués, Orateurs, Publicistes, et dans nos derniers temps, cette Opposition redoutable qui a fini par triompher non-seulement des résistances du Pouvoir, mais du Pouvoir lui-même; c'est encore le Commerce qui répandit sur la place publique son or et son sang pour assurer ce dernier triomphe de la Bourgeoisie : aussi n'est-il pas étonnant que tout le poids des haines aristocratiques retombe sur le Commerce. Sans doute on se garde bien de heurter de front : on se contente d'éliminer d'une manière insensible et avec toute la politesse, ou, pour mieux dire, toute la fourberie du courtisan et du diplomate; en un mot, on veut se venger de la guerre des Rues par une guerre de Salons, moins brusque, il est vrai, moins ouverte, moins franche, mais non moins meurtrière, puisqu'elle attaque l'homme dans ce qu'il a de plus cher et de plus précieux, sa dignité et sa propre estime.

Il est donc temps enfin que le Commerce ait non-seulement la connaissance de sa force numérique, de sa force matérielle, mais encore et avant tout le sentiment de sa force morale, de son droit et de sa dignité qu'on veut lui ravir.

Il suffira d'examiner lequel des deux, la Noblesse ou le Commerce, doit avoir la prééminence dans l'État chez un peuple éclairé, riche des productions du sol, et de son industrie.

Bien que résolue par la force des événements qui se sont déroulés sous les yeux d'une génération nouvelle, cette question ne laisse pas d'être plus brûlante, plus irritante que jamais, en présence d'une dernière lutte où, sous les dehors d'une vaine préséance de cérémonial, deux grands rivaux se disputent encore la puissance publique et l'avenir de tout un peuple.

Si je mets ici la Noblesse en parallèle avec le Commerce plutôt qu'avec toute autre portion de la Bourgeoisie, c'est aussi parce qu'il existe dans la législation ancienne des traces de dispositions qui, au premier abord, pourraient paraître insultantes pour le Commerce, et d'où surgirent de nouveaux préjugés qui trahissent eux-mêmes la basse jalousie qu'excitaient déjà chez les Grandeurs de l'époque ses richesses et sa puissance. Obligée par ordonnance royale (ou *ducale*) de renoncer aux avantages que jusque-là elle avait retirés du négoce, une Noblesse avide et envieuse ne trouva d'autre moyen pour se venger, que de déverser sur le Commerce le mépris qu'elle affectait pour les artistes, les écrivains ou les orateurs : et de même que dès l'âge le plus tendre on répétait sans cesse au Noble, par la bouche de son Pédagogue : « Tu ne seras ni artiste, ni avocat, ni médecin, ni notaire, ni industrieux, ni laborieux, ni rien qui sente la Bourgeoisie » : de même aussi par morgue ou plutôt par dépit on lui disait : « *Sous peine de déroger, tu ne seras pas COMMERÇANT.* » Nous aurons plus bas l'occasion d'examiner moins superficiellement dans quel sens on doit entendre la législation ancienne dont nous venons de parler : et pour cela il nous suffira d'en exposer les motifs, en rapportant les circonstances dans lesquelles elle parut.

Revenons à la question proposée, qui peut se ramener à celle-ci :

Lequel des deux, la Noblesse ou le Commerce, doit l'emporter sur l'autre,

1° par l'origine et l'ancienneté,

2° par l'utilité ou le but?

C'est ce qui fera l'objet des chapitres suivants.

CHAPITRE DEUXIÈME.

L'ORIGINE ET L'ANCIENNETÉ.

Ce n'est pas le Commerce, généralement fils de ses œuvres, qui voudrait trouver dans l'ancienneté ou la grandeur de son Origine une arme pour écraser ses adversaires ou ses rivaux; mais la Noblesse la première nous jette le gant : nous ne devons pas craindre de le relever. Et d'abord qu'est-ce que la Noblesse? quelle est son Origine?

Quelle que soit l'époque à laquelle on voudrait faire remonter l'Origine de la Noblesse, serait-ce même jusqu'à Romulus, ce fameux chef d'aventuriers, qui, avant de procéder à l'enlèvement des Sabines, ne trouva rien de plus ingénieux que de partager inégalement les terres, et d'établir deux ordres distincts, d'où sont venus les *Patriciens* et les *Plébéiens* : exemple suivi plus tard par d'autres aventuriers qui voulurent récompenser de la même manière les dignes *Compagnons* de leurs brigandages (*Comites*, d'où l'on a formé le mot *Comtes*); quelle que soit, dis-je, l'époque à laquelle on voudrait faire remonter l'Origine de la Noblesse, toujours est-il qu'on trouve dans l'histoire une limite en deçà de laquelle l'orgueil nobiliaire est obligé de s'arrêter, et un poteau sur lequel est écrit en caractères de sang : USURPATION.

Quelle est au contraire l'Origine du Commerce?

La Noblesse, comme toutes les institutions de pure convention, a besoin de généalogistes et de chronologistes pour prouver son existence. Mais si maintenant je vais parler du Commerce sous le point de vue historique, ce n'est pas pour apporter la preuve qu'il existe et qu'il a toujours existé : ce serait vouloir prouver, à l'aide de la chronologie, que la Seine coule, et que l'eau coulait il y a deux mille ans ; c'est donc uniquement pour montrer que de tout temps le Commerce a mérité l'attention non pas de généalogistes à gages, mais des historiens du premier ordre et des plus sages législateurs. D'ailleurs comme la Noblesse a la prétention de tirer son plus grand lustre de son Ancienneté, et dès lors de tout ce qui est *ancien*, c'est aussi dans les plus *anciens* monuments que je veux chercher les armes offensives et défensives dont je me servirai contre elle. Ouvrons la Bible, ce livre impérissable commencé par Moïse; ouvrons le recueil des lois romaines et celui des Ordonnances de nos Rois :

Et d'abord, pour entrer plus vite en matière, je parcours une Ordonnance de Louis XIII, rendue en 1629 (1), et j'y vois (art. 452) :

« *Nous ordonnons que tous Gentilshommes qui*, PAR EUX *ou par personnes interposées*, *entreront en part et société dans les vaisseaux*, DENRÉES *et* MARCHANDISES *d'iceux*, NE DÉROGENT POINT *à la noblesse, etc., etc.........* *et que* CEUX QUI NE SERONT NOBLES, *après avoir entretenu*

---

(1) Les Édits, Ordonnances et Déclarations de Louis XIV, sur le même sujet, ne firent, à peu de chose près, que renouveler l'Ordonnance de Louis XIII.

cinq ans un vaisseau de deux à trois cents tonneaux, JOUIRONT DES PRIVILÉGES DE NOBLESSE *tant et si longuement qu'ils continueront l'entretien dudit vaisseau* DANS LE COMMERCE. *Voulons en outre que les Marchands en gros, et autres Marchands qui auront été Échevins, Consuls et Gardes de leurs corps, puissent prendre* LA QUALITÉ DE NOBLES, *et tenir rang et séance en toutes assemblées publiques et particulières immédiatement après nos Lieutenants Généraux, Conseillers des siéges présidiaux, etc.....* »

Ainsi, en vertu des termes bien formels de cet article, le commerce devenait une voie honorable pour obtenir des titres de noblesse.

Il est vrai que la première partie de l'article renferme la preuve qu'avant cette Ordonnance la Noblesse perdait ses *Droits et priviléges* dès qu'elle se livrait au commerce, puisqu'il est besoin d'une disposition expresse pour lui en conserver la jouissance : et en effet d'autres Ordonnances antérieures interdisaient à la Noblesse l'exercice du commerce sous peine de perdre ses *Droits et priviléges.* Mais pour apprécier à sa juste valeur cette interdiction qui, au premier abord, pourrait paraître insultante, il nous suffira, comme nous l'avons dit plus haut, d'examiner, la loi à la main, pour quels motifs et dans quelles circonstances l'exercice du commerce avait été interdit à la Noblesse française : et pour rentrer dans le cadre que je me suis tracé, nous devons aussi consulter sur ce point les recueils d'Édits et d'Ordonnances, et le Droit coutumier des différentes Provinces, ou anciens Duchés, dont la France se compose aujourd'hui.

Eh bien! si nous consultons en première ligne l'histoire de la Bretagne, corroborée par la législation de cette Province, nous y voyons dès l'origine la Noblesse se livrer non-seulement au grand commerce par mer, mais même au plus petit commerce de l'intérieur, au commerce des *denrées*, et cela avec d'autant plus d'ardeur qu'étant dispensée, par *sa qualité*, de payer les contributions appelées *roturières*, elle avait un bénéfice beaucoup plus grand que celui des pauvres *roturiers*, seuls obligés de payer des impôts sur leurs denrées et marchandises. Cette fureur mercantile fut telle, et l'abus qui en résultait devint si révoltant et si préjudiciable au trésor public, que le Duc Pierre II y apporta remède par sa Constitution de l'an 1451, par laquelle il veut que les Nobles qui se livrent au commerce paient *subsides* et *tailles* (ou *contributions*) sur leurs marchandises, sauf à reprendre leurs *priviléges* dès qu'ils n'exerceront plus le commerce.

En Lorraine, nous voyons les mêmes causes produire les mêmes effets, et le Duc Charles III (1) obligé de

---

(1) Pour bien se convaincre des inconvénients que le système nobiliaire traîne à sa suite, et de la difficulté (pour ne pas dire *l'impossibilité*) de démêler les familles nobles des autres familles, il suffit de lire l'Ordonnance du même Duc Charles III, adressée à chaque Bailli en particulier, pour remédier aux abus qui se commettaient en fait de Noblesse.

Elle est datée du 1er décembre 1585. En voici la teneur, sauf quelques phrases que l'on peut retrancher sans altérer le sens :

« *De par le Duc de Calabre, Lorraine, Bar, Gueldres, etc., etc......
Comme par fréquentes et assiduelles remontrances de nos Procureurs*

faire des Édits pour empêcher la Noblesse de se livrer au commerce, ou plutôt pour la contraindre à *contribuer* aux aides généraux; car c'est toujours là le but principal de ces différents Édits, par la raison, dit le

---

Généraux et quérémonies de notre peuple, nous avons été duement avertis et certiorés que plusieurs de nos sujets, etc., etc............
ont tâché d'usurper et s'attribuer les titres et qualités de Noblesse....
sous ombres desquels ils décevoient non seulement ceux avec lesquels ils ont affaire...
mais QUI PIS EST *nous défraudent non seulement nos droits, subventions et aydes ordinaires et extraordinaires; mais en se distrayant d'iceux,*
en revient une grande foule de nos pauvres sujets, qui sont contraints de supporter ce que les dessus dits devroient contribuer au soulagement de leurs cohabitans;...
et que plus est, les dits anoblis, pour se déguiser et faire égarer la connoissance de leur race et basse condition dont ils sont nouvellement descendus, changent et altèrent les surnoms de leurs ayeux et famille desquels ils ont pris la source et origine de leur Noblesse, par adjonction à leurs surnoms de cette vocale LA, LE, DE, DU, *ou de quelque Seigneurie forgée à leur fantaisie : en sorte que aujourd'hui est* FORT DIFFICILE, *voire presque* IMPOSSIBLE *de reconnoître ceux qui sont extraits d'ancienne famille de Noblesse.....................................*
entre tels IMPOSTEURS *et* USURPATEURS *de qualités qui ne leur appartiennent ny par succession, ny par concession, etc., etc., etc......* »

Si en 1585 le Duc Charles III parlait ainsi des inconvénients de la Noblesse, et de *l'impossibilité* de la reconnaître et de la constater, que ne pouvons-nous pas dire, nous, après deux révolutions! et en présence du nouveau Code pénal de 1832, qui, par la suppression d'une partie de l'ancien article 259, permet à tout individu de prendre, si bon lui semble, le titre de Baron, de Comte ou de Marquis, et d'ajouter à son nom l'une des particules DA, DE, DI, DO, DU.

Duc dans celui du 13 décembre 1592, que si la Noblesse en exerçant le commerce est dispensée des impôts, il en résulte une grande *foule et surcharge* pour
le peuple. Quand l'Édit parle ensuite de *l'obscurcisse-
ment du lustre de ladite Noblesse*, on voit clairement
que ce motif n'est qu'un faible accessoire, et un dernier
coup d'éperon pour réveiller l'orgueil de la Noblesse,
et lui faire faire *par morgue* ce qu'elle refusait de faire
par devoir. D'ailleurs l'esprit de *fiscalité* ou, pour mieux
dire, l'esprit de prévoyance *fiscale* qui préside à ces
différents Édits, se manifeste d'une manière encore plus
sensible dans celui du 11 juin 1573, qui ordonne que
le tiers des biens des anoblis appartiendra au Duc
anoblissant, par la raison, dit le Duc dans son Édit,
que « *nos domaines ordinaires sont grandement* SURCHAR-
GÉS *et* DIMINUÉS *par le grand nombre de ceux lesquels,
par cette impétration de Noblesse, sont exempts et affran-
chis pour eux et leur postérité.* »

Dans la coutume de Normandie, de Troyes, et en général dans toutes celles qui renferment des dispositions
relatives à la Noblesse, nous voyons toujours les mots
d'*imposition*, *contribution* aux *tailles*, *subsides*, etc., venir
après la défense d'exercer le commerce : et comme alors
la Noblesse consistait à *ne pas payer d'impôts*, dès que,
par le fait du commerce, un Noble était obligé d'*en
payer*, on le regardait comme ne faisant plus partie de
la Noblesse.

Ces différentes dispositions éparses dans la législation
des Provinces se trouvent comme résumées dans le
préambule d'une Ordonnance de François Premier ren-

due en 1540. Il nous suffira de le rapporter textuelle-
ment et sans commentaire :

« *Françoys par la grâce de Dieu, etc., etc..... Comme
nous avons esté aduertis que plusieurs gentilshommes et
gens d'ordonnances de nostre royaulme, oultre les biens
qu'ils possèdent et pour lesquels ILS NE NOUS PAYENT AU-
CUNE AYDE NE SUBSIDE, au moyen de leur exemption prennent à ferme et se font fermiers de plusieurs fermes et
censes de beau et grand revenu, èsquelles ils font et
exercent le faict d'agriculture et labourage et tous autres
actes mécaniques et roturiers, tout ainsi que font les plébéiens et gens du tiers et bas estat contribuables à nos dites aydes et tailles, SANS POUR CE NOUS PAYER AUCUNE
CHOSE : ce qui tourne grandement à la fousle et charge
desdits gens dudit tiers et bas estat, et DIMINUTION DE NOS
DROICTS.* »

Suivent des dispositions par lesquelles le Prince de
la Chevalerie nous prouve qu'il avait plus à cœur les
intérêts *de son trésor* que les amours-propres et les
intérêts nobiliaires.

Le même esprit se retrouve encore dans l'article 119
de l'Ordonnance d'Orléans rendue en 1560 :

« *Art. CXIX. Défendons aussi à tous gentilshommes
et officiers de justice, le fait et trafic de marchandises,
et de prendre ou tenir fermes par eux ou personnes interposées, à peine auxdits gentilshommes d'être privés des
priviléges de Noblesse et IMPOSÉS A LA TAILLE*, etc. »

Malgré ces différentes prohibitions bien formelles, la
Noblesse n'en continua pas moins, soit en France, soit
dans les Provinces ou anciens Duchés qui ne lui étaient

pas encore réunis, à se livrer au négoce et à renoncer
au métier des armes : en sorte que les Ducs et les
Rois de France eux-mêmes, dont les armées restaient
désertes au moment où l'ennemi allait fondre sur eux,
furent obligés non-seulement de faire exécuter avec rigueur, mais même de renouveler ces Ordonnances et
ces prohibitions. De gré ou de force la Noblesse reprit
le casque et l'épée. Mais au retour de ses expéditions
guerrières, voyant les fruits du commerce entre les
mains de la Roture, et voulant, à l'exemple du Renard
de la Fable, dissimuler son dépit :

« Ils sont trop verts, dit-elle, et bons pour des goujats. »

Voilà dans sa plus simple expression l'origine du mépris de la Noblesse pour le commerce et les Commerçants.

Enfin, et pour nous résumer sur l'ancienne législation
des Provinces et de la France en général, partout nous
trouvons la preuve que si le commerce fut à certaines
époques interdit à la Noblesse, ce fut toujours dans un
but d'utilité *positive*, dans un intérêt purement *fiscal*, et
non pas pour satisfaire une vanité puérile : de même
que sous l'empire de la législation actuelle, si le commerce est interdit à certains fonctionnaires, ce n'est pas
pour établir des distinctions de rang et flatter les amours-
propres ; mais uniquement dans un but d'intérêt général
elle ne veut pas que les fonctionnaires publics, ou autres, puissent abuser de leur pouvoir ou de leurs fonc-

tions pour se livrer à des spéculations qui, par elles-
mêmes, absorberaient leurs instants, et les détourne-
raient de l'accomplissement de leurs devoirs envers la
société. Aussi sous ce rapport le législateur moderne
s'occupe-t-il fort peu de la Noblesse, qui est *nulle* à ses
yeux tant qu'elle ne rentre pas dans l'une des catégories
de fonctionnaires dont nous venons de parler.

En un mot, ce n'est qu'au sot orgueil, au dépit, et à
la basse jalousie de la Noblesse qu'il faut attribuer les
ridicules préjugés qui s'inféodèrent peu à peu contre le
Commerce, et qui nécessitèrent à leur tour de nouvelles
Ordonnances pour réhabiliter en quelque sorte cette
profession.

Passons au Droit Romain.

Les Romains eux-mêmes, dont les mœurs et l'éduca-
tion toute militaire étaient si éloignées de l'esprit du
commerce; les Romains qui s'inquiétaient plus de subju-
guer les peuples de la terre que d'établir avec eux des
rapports commerciaux, furent néanmoins obligés de
rendre hommage au commerce en accordant des priviléges et même des marques de distinction à ceux qui s'y
livraient, à ceux, par exemple, dont la profession consistait à approvisionner la ville de Rome (*navicularii*).

Maintenant, si nous voulons remonter plus haut que
les lois romaines, la Noblesse qui, pendant les quinze
années de sa dernière agonie, se montra si religieuse,
si absorbée en apparence dans les profondeurs du mys-
ticisme qu'elle appelait à son secours, permettra-t-elle
au Commerce de lui mettre à son tour sous les yeux
quelques passages de l'Écriture?

Là encore nous trouvons la preuve que le commerce ne fut dédaigné ni des Patriarches ni des plus grands Rois.

Tout ce que l'on voit dans la Bible sur les occupations ordinaires d'Abraham et de Lòth, de Jacob et de ses enfants, c'est qu'ils possédaient de grandes terres, paissaient de nombreux troupeaux, et *commerçaient* avec leurs voisins :

« *Demeurez avec nous, disait Hémor, père de Sichem, à Jacob et à ses enfants, vous jouirez de cette terre, vous la cultiverez, et vous livrerez AU COMMERCE.* » (Genèse, chap. XXXIV.)

La Noblesse accablerait sans doute aussi de ses dédains le grand, le sage, le magnifique Roi Salomon qui, non content d'exercer le commerce avec ses propres ressources, associa Hiram, Roi de Tyr, à ses opérations commerciales, afin de leur donner plus d'étendue. Voici quelques détails dans lesquels l'Écriture ne dédaigne pas d'entrer sur cette espèce de *société*, qui s'appellerait de nos jours, non pas *société en nom collectif*, mais *association commerciale en participation* :

« *Salomon fournit une flotte, et Hiram des navigateurs habiles qui se joignirent aux serviteurs de Salomon pour aller en Ophir, d'où ils rapportèrent quatre cent vingt talents d'or au Roi de Jérusalem.* » (Les Rois, Liv. III, chap. IX, v. 26, 27, 28.)

« *La flotte de Salomon avec celle du Roi Hiram faisait voile de trois en trois ans, et allait en Tharsis d'où elle rapportait de l'or et de l'argent, des dents d'éléphants, des singes et des paons.* » (Les Rois, Liv. III, ch. X, v. 22.)

« *En sorte que de son temps l'argent devint aussi com-*
mun à Jérusalem que les pierres : et qu'on y vit autant
de cèdres que de sycomores (ou *mûriers*) *dans la cam-*
pagne. » (ld. v. 27.)

Si au lieu de chercher dans la pompe extérieure des
cérémonies religieuses un éclat qu'elle ne pouvait plus
jeter par elle-même, la Noblesse s'était donné la peine
d'ouvrir les saintes écritures, et de les approfondir, ou
seulement d'en méditer quelques passages, elle aurait pu
se convaincre que le plus grand et l'unique service que
puisse lui rendre la Religion, c'est de la ramener à des
sentiments de modestie et d'humilité. Mais, loin de là,
qu'est-ce que la Religion aux yeux de la Noblesse? c'est
une brillante réunion dans un lieu parfumé de fleurs
et d'encens; la dévotion? c'est un pompeux *Te Deum*,
ou une messe en musique dans une chapelle royale ou
impériale; la piété? ce n'est qu'un moyen à l'aide du-
quel un père *dévotement avare*, et une mère *saintement*
orgueilleuse, inculquent de bonne heure, et sanctifient
dans le cœur de leur fille je ne sais quel préjugé ennemi de ce qu'ils appellent injurieusement une *mésal-*
liance; le sacerdoce? c'est aux yeux de la Noblesse une
mitre et une crosse dorées, un long cortége et des ban-
nières, un chapeau rouge qui coifferait mal un prêtre
de basse extraction, mais qui est pour une noble tête
un enjolivement de plus à encadrer dans de grotesques
armoiries.

Enfin la Noblesse pourrait-elle trouver dans toute
l'Écriture un seul petit passage qui fasse mention des
Barons et des Marquis? un seul tel que celui adressé

par le Prophète Isaïe à la ville de Tyr, et dans lequel il dit que ses *Marchands* étaient des PRINCES, et ses Commis, les personnages les plus éclatants de la terre :

« .... *Cujus negotiatores PRINCIPES, institores ejus inclyti terræ.* (Isaïe, ch. XXIII.)

Nous savons bien que dans un accès d'engouement pour son propre mérite, la Noblesse voulut honorer de ses titres jusqu'aux saints du Paradis, et que sous l'empire de ce vertige l'historien Froissard dit quelque part, en parlant d'un certain personnage : « *Il fit ses vœux devant le bénit corps du saint BARON saint Jacques* »; mais ce titre burlesque, loin d'ajouter quelque chose à la sainteté du saint, n'est-il pas par lui-même un ridicule de plus pour l'orgueilleuse Baronnie de nos anciens Barons ?

Mais, sans invoquer la Loi et les Prophètes, en poursuivant nos propres investigations par la pensée, nous trouvons l'homme faisant le commerce d'échange avant même de se livrer au travail et à l'industrie, c'est-à-dire, dès qu'il put rencontrer un autre homme possédant quelques fruits, ou quelques peaux grossièrement arrachées aux animaux de la création. Nous pouvons donc conclure hardiment que si, à l'aide d'une USURPATION PROLONGÉE, la Noblesse peut se targuer d'une Ancienneté de quelques siècles, le Commerce doit avec beaucoup plus de raison être fier d'une Origine tirée de la nature même des choses, c'est-à-dire, aussi ancienne que la végétation.

Mais, nous objecte aussitôt une Noblesse enfumée de parchemins, si l'on doit s'incliner devant l'Ancienneté du commerce, il n'en est pas de même des Commerçants et de leurs familles. Sur ce point j'avoue que les plus habiles généalogistes seraient fort embarrassés de faire remonter jusqu'au déluge les ancêtres du plus grand nombre des familles de Commerçants; mais il est incontestable que si elles avaient voulu se donner la peine de compter et d'enregistrer leurs *quartiers de Commerce*, avec autant de soin et d'importance que d'autres en mettaient à empiler leurs *quartiers de Noblesse*, il est tel Marchand de la Rue Saint-Denis dont l'Origine commerciale remonterait au moins aussi haut que celle des Rohan et des Montmorency.

Mais, s'écrient encore nos contempteurs en poursuivant le cours de leurs objections, l'unique base, l'unique but, l'unique mérite du Commerce, c'est *l'argent*, rien que *l'argent* : et la preuve invincible, c'est que toujours la splendeur du Commerçant tombe avec sa fortune. Ici encore j'avoue que pour la honte de l'humanité, le Commerçant probe, honnête, vertueux, mais dont les opérations commerciales n'ont pas été couronnées de succès, n'est que trop souvent repoussé par le Commerce lui-même, qui le relègue aux derniers rangs de la société : et sa fille, dédaignée même du simple artisan, n'a d'autre consolation que de maudire toute sa vie la perfidie et l'avarice des hommes. Mais ne voyons-nous pas chaque jour, dans les salons de l'Aristocratie nobiliaire, l'opulence d'un nouveau Baron mieux accueillie que l'indigence et la pénurie du plus ancien Duc? Pour la honte de la Noblesse, la fille du Noble ruiné n'est-elle pas également réduite à ensevelir ses

charmes dans les austérités du cloître, ou à réparer
les torts de la Fortune par quelque vieille *mésalliance*?
Que devint la Noblesse dès que ses châteaux, ses terres,
son argent lui furent retirés à une époque qui n'est pas
encore très-éloignée de nous? Heureux alors ceux qui,
par des talents acquis aux jours brillants de la prospé-
rité, purent échanger de vains titres contre un titre plus
vrai, plus honorable, un titre que le hasard de la naissance et la fortune seule ne peuvent donner, le titre
d'Artiste! Mais ceux qui, dès leur enfance, jetaient inso-
lemment au visage de leurs semblables ces mots injurieux : « *Je ne suis pas fait pour travailler* »; ceux à qui
il ne resta de leur ancienne splendeur qu'un grand
nom, que devinrent-ils? quelle figure faisaient ces
grandes Dames si fières autrefois et si fières encore
aujourd'hui, quand on les vit réduites à descendre au
rang de ce qu'elles appellent maintenant *une petite
couturière*, ou même au rang de simple ravaudeuse?
Ne pourrais-je pas citer, parmi une foule d'exemples,
un Comte issu de l'une des plus anciennes familles de
sa Province, et cependant obligé, pour vivre pendant
l'émigration, de crier dans les rues des villes étrangères:
« *A raccommoder la faïence!* » A Dieu ne plaise que
je veuille troubler la cendre d'un vieillard vénérable
que j'ai vu avec le plus grand intérêt prendre quelques
repas dans la maison de mon père, et qui, au sujet de
l'émigration, se plaisait à distraire ma première jeunesse
par des récits que je croyais fabuleux! Mais si je cite de
préférence les faits que je tiens de source certaine, ce
n'est que pour arriver à démontrer cette vérité triste,

douloureuse et presque dégradante pour l'homme, que
la Noblesse, aussi bien que le Commerce, a pour première base la fortune, c'est-à-dire, *de l'argent, des terres,*
et que tous deux ils croulent également dès que cette
base manque sous leurs pas.

D'ailleurs la soif de l'or dont la Noblesse paraît si al-
térée de nos jours, serait, à défaut d'autres, l'argument
le plus fort et le plus victorieux à lui opposer : et s'il
m'était permis de parodier en quelque sorte deux vers
bien connus, ne pourrais-je pas m'écrier à mon tour :

> L'argent, l'argent ! honneur à celui qui l'empile !
> Car du Noble aujourd'hui l'argent est le mobile.

C'est ce qui sera prouvé au chapitre suivant.

CHAPITRE TROISIÈME.

LES POURQUOI.

Petite Conférence

AVEC LA PETITE NOBLESSE D'UNE VILLE DE PROVINCE.

PREMIÈRE SATIRE.

> L'argent! l'argent! honneur à celui qui l'empile!
> Car du Noble aujourd'hui l'argent est le mobile.
> (CHAPITRE PRÉCÉDENT, *dernière page.*)

NOBLES, vous accusant de sordide avarice,
Franchement avec vous je veux entrer en lice,
Et j'étale à vos yeux les pièces du procès.
Je veux pour m'expliquer liberté sans excès :
Que pour la vérité le zèle vous rassemble;
Venez, à votre choix, un par un, tous ensemble;
Venez : je m'en rapporte à votre bonne foi
Sur la réponse à faire à mes naïfs POURQUOI.
Venez rendre visite à mon humble retraite;
La porte est un peu basse : il faut courber la tête;
Autour de cette table asseyez-vous en rond;

Veuillez que je me place au centre dans le fond;
Comme dans un boudoir prenez toutes vos aises;
Mais de vos nobles pieds ne crottez pas mes chaises.
Vous pouvez devant moi tous garder vos chapeaux;
Car vous voyez ici des meubles en lambeaux :
Un rimeur doit avoir son brevet de misère;
Un honnête homme aussi doit vivre en pauvre hère;
L'honnête homme a souvent pour tout bien.... des débris :
L'honnête homme de vous n'attend que le mépris.
Je ne suis point habile à parler aux Altesses,
Et vous vous récrierez sur bien des petitesses :
Que voulez-vous, Messieurs? souvent c'est par des riens
Qu'on lit au fond des cœurs des plus grands citoyens;
D'ailleurs je suis *manant* et j'en ai les manies;
Mais pour sauver l'honneur des nobles armoiries,
Tout se passe entre nous; nous sommes à huis clos :
Pour mieux vous rassurer tirez bien les rideaux.

Préparez, je vous prie, un peu de patience
Pour me laisser tenir mon humble Conférence.
    Pour l'ordre commençons par les premiers entrés,
Et non par les plus grands ou par les mieux titrés.
Vous, Monsieur, dont le nom rappelle un peu le Diable,
Vous qui dans un accès d'un orgueil pitoyable,
Croyant m'injurier, d'un air fat et méchant
Me reprochiez un jour d'être fils d'un *marchand*,
(Je ne vous confonds pas avec De Bêtenville)
Dites-moi seulement POURQUOI dans votre ville
Votre père, en dépit de morgue et de hauteur,

Est surnommé partout *le noble Brocanteur* (1).

Et vous, Monsieur Du PLAT, son voisin le plus proche,
Vous dont le fils aîné faisait même reproche
Au fils d'un commerçant qu'il voulait harceler,
POURQUOI votre moitié fait-elle reculer,
Et fuir à son approche et marchand et marchande
Reconnaissant de loin leur meilleure chalande?
Jadis certaine *Bourse* (2) (et chacun en jasait)
De votre noble fils vint grossir le gousset :
Vous avez quelque bien dont votre fille est fière ;
Vous touchez de l'État un assez bon salaire :
POURQUOI, mettant à l'œuvre un zèle d'assiégeant,
L'obtint-il au mépris du fils de l'indigent ?

Vous, Monsieur le Marquis DE JÉCLABOUSSENVILLE,
Veuillez pour un instant fermer votre évangile.
Pourquoi donc, au retour des malheureux Bourbons,
Non content de reprendre et titres et galons,
Allâtes-vous ramper aux pieds des Seigneuries ?

---

(1)   Est surnommé partout *le noble Brocanteur.*

Voyez la chanson IX intitulée LE MARQUIS DE BROCANTON ou *Le noble Bro-canteur.*

(2) On doit entendre ici par *Bourse* ces pensions que le gouvernement destine aux jeunes gens qui n'ont pas le moyen de subvenir aux dépenses du Collége, de l'École polytechnique ou autres écoles.

Quand la Noblesse, en possession de toutes les branches du Pouvoir, était *de fait* chargée de répartir ces différentes *Bourses*, elle appliquait largement le précepte : *Charité bien ordonnée commence* PAR SOI-MÊME. Ce qu'elle se distribuait alors si facilement, elle l'obtient encore aujourd'hui, mais à force de *bassesses* et d'*intrigues* : et à ce prix nous ne devons pas en être jaloux.

POURQUOI sous votre char la cour des Tuileries
Retentit-elle un jour d'un long bruissement?
Dans votre propre ville on disait hautement
Que vous vouliez alors, d'une ardeur délirante,
Joindre à vos millions.... douze cents francs de rente!
Ah! j'entends : cette somme aurait pu surcharger
Un homme moins pieux, moins prompt à ménager
Pour l'orphelin, la veuve, un secours charitable:
C'est votre *charité* qui fut *insatiable.*

Monsieur DE LADREAUSEL, je vous le dis sans fard,
J'ai sur votre famille entendu maint brocard :
Sans façon approchez votre face vermeille;
Car ceci doit se dire au tuyau de l'oreille :
POURQUOI de père en fils, et de gendres en brus,
Êtes-vous sans pitié surnommés *C * *—cousus?* (1)

Monsieur DE RATISSARD (2), une canne dorée
Annonce une maison illustre et bien titrée :
POURQUOI donc un beau jour un petit clerc malin
Me dit-il vous montrant : « Voyez, c'est *le Requin.*
«—Comment! comment! *Requin!* vous perdez la cervelle!
«—Oui, reprit-il, *Requin,* Requin mâle ou femelle
« Des ventes par saisie et licitation. »

_____

(1)   .... surnommés *C * *-cousus.*

Cette expression *C**-cousus* (pour laquelle je demande bien sincèrement pardon au Lecteur) porte avec elle la preuve de ses *quatre quartiers* : nos pères, en
effet, étaient moins prudes que nous sur les mots, et ce n'est qu'au tuyau de l'oreille
qu'on ose répéter aujourd'hui ce qu'ils pouvaient dire hautement sur le théâtre et
dans les plus nobles Salons.

(2) Plusieurs généalogistes écrivent RATIXARD.

Mais à propos d'achat, saisie et caution,
Vous, DE GODICHÉVAIN (1), vous dont le pieux père
Passe à compter son or jour et nuit tout entière,
Et consume sa vie autour des testaments,
Vrai factotum du deuil aux grands enterrements;
Vous dont je vois encor les cartes de visites
Se perdre sous les doigts, tant elles sont petites;
Vous qui bien fier d'un DE, que je crois usurpé,
Me reprochiez un jour de n'être point *huppé*,
De n'avoir ni château, ni brillante monture,
De sentir, en un mot, l'enfant de la *roture* :
Serait-il donc bien vrai que vous seriez connu
Pour caresser l'habit de tout nouveau venu,
De vos voisins au bal, au spectacle, en soirée,
Afin d'en concevoir une plus juste idée,
Et mesurer ainsi votre estime pour eux
Sur la douceur du drap et son lustre moelleux?

Serait-il vrai qu'au bal, en parlant des danseuses,
Vous admirez non pas leurs tailles gracieuses,
Leurs pieds légers, leurs yeux d'amour étincelants,
Mais que vous demandez si leurs très-chers parents

---

(1)   Mais à propos d'achat, saisie et caution,
           Vous, De Godichévain, etc.

Voyez la chanson **IV** intitulée MONSIEUR GODICHÉVAIN DE QUICHENVILLE, *Grand-Cavalcadour de sa Province, à sa noble Bête.*

Les généalogistes prétendent qu'il n'y a aucun lien de parenté entre ce dernier *Godichévain* et celui qui nous occupe au présent chapitre : cependant, malgré la distance qui sépare leurs Provinces respectives, tout porte à croire qu'ils sont au moins parents au dixième degré. Cette famille est si étendue que nous trouverons même un troisième *Godichévain* au chapitre des *Contrastes*, deuxième Satire.

3.

Ont de l'or, un château, des forêts, une ferme,
Et si (pour n'employer que votre propre terme)
Au jour du dénoûment elles auront *de quoi* ?
Oserais-je en leur nom vous demander POURQUOI ?

Serait-il vrai qu'un jour, vous mirant à vos glaces,
Charmé de votre geste et de vos bonnes grâces,
Vous auriez dit d'un air dont encore on sourit :
« Il faut en *conventl, ze* suis sans *contledit*
« Le plus *zoli dalçon* de toute *notle* ville :
« C'était l'avis de tous *hiél sez* Théophile » (1) ?

Est-ce enfin le grand sabre, aussi beau que poltron,
Qui sur le pavé fait un très-grand carillon,
Et qu'on vous voit traîner d'un air stupide et fade
Tout le 'reste du jour d'une grande parade,
Ou plutôt votre grande et sotte vanité,
Votre regard hautain, votre fatuité,

---

(1)   Il faut en *conventl, ze* suis sans *contledit*
       Le plus *zoli dalçon* de toute *notle* ville ;
       C'était l'avis de tous hier *sez* Théophile.

Le Lecteur a sans doute compris que ces trois vers ne sont là que comme un échantillon du gracieux organe de Monsieur *De Godichévain* : et sous ce rapport je dois m'empresser de reconnaître qu'il ne m'appartient pas, à moi plus encore qu'à tout autre, d'essayer la moindre plaisanterie sur les défauts physiques, tels que l'organe ou les traits du visage. C'est toujours avec peine et en me faisant une sorte de violence que je me permets la moindre attaque en ce genre. Mais ici comme ailleurs je ne fais qu'user de représailles. Et en effet s'il ne dépend pas de notre volonté de venir au monde avec tels ou tels avantages physiques, avec tel ou tel organe, il ne dépend pas plus de nous de naître avec tel ou tel nom ou avec dix ou vingt mille francs de rente : et celui qui se permet de reprocher à son semblable la médiocrité de sa fortune ou de sa *naissance* (suivant l'expression aristocratique un peu passée de mode grâce à Dieu et aux révolutions), celui-là, dis-je, mérite qu'on l'appelle *Bossu*, s'il a une *bosse* sur le dos.

Vos charmants favoris et votre belle crête
Qui vous ont fait nommer GODICHÉVAIN *la Bête*?

A vous, cher RUSTENCOUR, le plus gros des Barons.
J'aime, vous le savez, les Nobles francs lurons :
Quand je montre du doigt la Morgue et l'Insolence,
De grâce, n'allez pas prendre en main leur défense :
Grand Dieu! si j'enflammais votre noble courroux,
Où fuir, où me cacher?...... je tombe à vos genoux :
Qu'un malheureux rimeur jamais ne vous trémousse !
Hélas! si vous pressiez l'index contre le pouce,
Comme le moucheron je serais écrasé ;
Mon corps de votre poids serait pulvérisé.
Mais vous êtes rieur; aussi je me rassure :
Votre bon caractère et votre franche allure
Sans peine feront grâce en dépit des méchants.

Pour vous, Monsieur DE B***, l'honneur des cheveux blancs
Et des vieux Chevaliers, par respect pour votre âge
Je ne vous ferai point ma question d'usage :
Toujours pour un vieillard le respect est ma loi.
Ne vous adressant pas mon indiscret POURQUOI,
Je veux vous raconter une petite histoire
Que vous ne trouverez ni dans *la Forêt noire*,
Ni dans *la Fée Urgèle*, ou dans *le Chat botté*.
Il était autrefois, non loin d'une cité
(Du faubourg Saint-Germain grande caricature)
Où l'on distingue encore et Noblesse et Roture,
Il était, disons-nous, un noble Chevalier
Très-illustre et très-fier de maint et maint quartier.

Il avait une sœur encore demoiselle ;
L'histoire ne dit pas si la sœur était belle,
Si son cœur soupirait ; mais elle avait, dit-on,
Un air très-dédaigneux et du poil au menton.
Un beau jour elle entra chez sa jeune Marchande :
On choisit, on culbute, on querelle, on marchande :
« C'est horriblement cher ! — C'est mon plus juste prix.
« — Mais ce n'est plus de mode ! — On en porte à Paris. »
Des deux côtés on a l'âme très-échauffée ;
La Discorde apparaît ; cette méchante Féc
Inspire à la chalande un geste de hauteur ;
La Marchande répond avec un peu d'humeur :
« Au moins ne froissez pas mes rubans, ma dentelle : »
La Dame s'en offense : « Insolente ! dit-elle,
« Vous ne savez donc pas à qui vous vous frottez !
« J'ai trente quartiers pleins ! *cinq cents ans* bien comptés !
« — Mais c'est donc pour cela que vous êtes si laide,
« Si jaune et si fanée ! à ce prix je concède
« Très-volontiers le pas à vos *cinq cent mille ans !* »
Repartit la Marchande en rangeant ses rubans.
Le mot fit son effet ; car la noble coquette
N'osa plus se gonfler de morgue et d'étiquette,
Ni de ses *cinq cents ans* (1), ailleurs qu'en un salon.
Maladroit ! j'oubliais de vous dire son nom :
On la nommait *Bibi*.... mais qu'avez-vous, de grâce,

---

(1)   Ni de ses *cinq cents ans*, etc.

Voyez la chanson VII du recueil.

Monsieur le Chevalier? quelle sueur vous glace !
Mais vous devenez rouge... et pâle... et même bleu !
Vous êtes violet !... pour quel motif, grand Dieu !
Au seul nom de *Bibi* (1) quelle rougeur extrême !
Mais cette histoire n'est qu'au chapitre troisième
D'un de ces livres bons pour les petits marchands,
Qu'un Noble doit laisser aux *vilains,* aux *manants,*
Ne valant pas deux sous de valeur intrinsèque,
Et qu'il doit repousser de sa bibliothèque.
Je sais qu'autour de vous des hommes très-bien *nés*
N'estiment ici-bas que les gens blasonnés ;
Mais de leur noble esprit la trempe est bien trop forte
Pour juger une femme au seul nom qu'elle porte :
Et la preuve, on l'aurait, si de *jeunes* BIBI
Voulaient dans leurs manoirs un emploi de *houri.*

Permettez-vous, Messieurs, que des houris je passe
A d'autres questions trouvant ici leur place ?
Quand, vous gonflant d'orgueil, (ailleurs qu'en un *hara*)
Vous parlez de *pur sang*, de *race*, *et cœtera*,
Vous souvient-il, Messieurs, de vos nobles aïeules
Qui pour l'amour au moins n'étaient pas trop bégueules ?
Si j'en crois la chronique, ou bien les médisants,
Les parquets d'autrefois étaient un peu glissants :

---

(1)   Au seul nom de *Bibi*, etc.

Je demande bien humblement pardon à la petite Noblesse d'écrire ici en toutes lettres un nom aussi *roturier* que le nom de *Bibi*; mais comme il n'est pas moins historique que l'anecdote, je ne pouvais l'omettre sans inquiéter ma conscience qui est très-scrupuleuse pour l'exactitude des faits et des citations

Un faux pas aurait-il rompu la noble chaîne
Qui vous lie aux aïeux dont votre *race* est vaine?
Et sans vouloir ici, remontant aux Césars,
De plus d'un noble hymen vous conter les hasards,
Sans vouloir étaler les illustres faiblesses
Des femmes de Marquis, Baronnes ou Duchesses (1),
Les faux pas, sur la glace ou sur les verts gazons,
Ne sont-ils pas encor de toutes les saisons?

Mais que vois-je, Messieurs? vos nobles Demoiselles,
Vos Dames, de vertu les plus parfaits modèles,
Me semblent diriger leurs pas vers mon réduit.
Quel bon ange, ou plutôt quel motif les conduit?
Est-ce pour vous gronder, dans leur humeur altière,
De perdre en m'écoutant une journée entière?
Cette fois, j'en conviens, vous avez dérogé,
Et par vous du Blason l'honneur est outragé.....
Ce n'est point une erreur!..... juste ciel! est-ce un rêve?
Avec la Morgue enfin ferait-on une trêve?

---

(1)   Sans vouloir étaler les illustres faiblesses
         Des femmes de Marquis, Baronnes ou Duchesses, etc.

Loin de moi la pensée de vouloir ici remplir le rôle de moraliste, qui du reste
m'irait peut-être fort mal; et de ce qu'il s'est trouvé et se trouve encore parmi la
Noblesse bon nombre de femmes capables de rompre plus d'un anneau de plus d'une
noble chaîne d'illustres aïeux, je ne veux pas en tirer la conséquence que les Lucrèces
ne se trouvent que dans les rangs du Commerce. Mais au moins le Commerce n'a
pas la ridicule prétention de baser les *distinctions sociales* sur le hasard de la naissance, subordonné lui-même à toutes les chances de la fragilité humaine.

Tous les bons esprits comprendront que ce n'est que sous ce rapport que je me
crois autorisé à parler ici des *illustres faiblesses* des Marquises, Baronnes, etc., etc.

Les voici..... je les vois..... que vais-je devenir?
En cet instant, grand Dieu, daigne me secourir :
Permets que prudemment mon esprit se comporte.
    Bien doucement l'on frappe..... on entr'ouvre la porte.....
On entre..... Ah! ciel! pardon, dix mille fois pardon!.....
Vous, Mesdames, venir au mépris du bon ton!
Des Dames parmi nous! c'est le bonheur suprême!
J'éprouve néanmoins un embarras extrême :
N'étant pas prévenu, je ne puis dignement
Vous recevoir ici..... patience..... un moment.....
Dans un pressant besoin bannissons l'étiquette :
N'ayant point de fauteuils prenons une banquette :
Elle est pour ces Messieurs, et leurs chaises pour vous.
Placez-vous en avant. Voyons, y sommes-nous?
    Puisque vous désirez, et de si bonne grâce,
A notre Conférence obtenir une place,
Sans doute vous voulez entendre quelques mots
D'un humble Solitaire, apôtre des hameaux.
Mon langage indiscret approche la rudesse :
Mais un *vilain* peut-il avoir de la noblesse?
Ce qu'on n'a jamais eu, peut-on le cultiver?
Quant à vos yeux, sur moi vous pouvez les lever :
Je ne suis point à craindre auprès des nobles Dames,
Et n'ai point de secrets pour attiser leurs flammes :
Mon pied, vous le voyez, est loin d'être mignon;
Je ne porte jamais ni bagues ni lorgnon;
Mon habit n'est point fait à la dernière mode,
Et quand il devient vieux, on me le raccommode;
Le nœud de ma cravate est sans art façonné;
Je n'ai ni l'air hardi, ni l'œil enluminé,

Ni la taille pincée ou la jambe bien faite,
Et des cheveux frisés n'ombragent point ma tête;
Je n'aime ni le musc, ni les eaux de senteur,
Et je hais des salons l'appareil imposteur :
Veuillez donc un instant quitter votre air timide
Pour entendre un grondeur un peu simple et candide,
Qui veut n'être à vos yeux qu'un modeste ouvrier,
Un petit vigneron, un humble jardinier.

Voyons : par politesse, et sans trancher du Prince,
Cédons ici le pas aux Grands de la Province.
Madame DE LAIDAT, je voudrais sans façon
Parler de votre *amie*, et Dame du grand ton.
Je sais qu'un certain jour, voyant dans son village
Arriver un *Marchand* qui lui portait ombrage,
L'orgueil vint l'étouffer : « Ciel ! *encore un marchand!*
« Un misérable, un vil, un petit détaillant!
« Mais que vont devenir les lois de l'Étiquette,
« Les *Lys* de mon blason, repeints sur ma girouette!
« Un *marchand* près de nous! un *marchand* sous nos yeux!
« C'est à faire rougir le sang de nos aïeux! »
Tel était son langage : en vain l'on dissimule,
Les murs, la terre parle; êtes-vous incrédule,
Je puis vous l'affirmer les preuves à la main.
Si votre noble *amie*, au regard fier, hautain,
Était vieille et très-*laide*, et même très-bigote
(Vous me comprenez bien, je ne dis pas *dévote*);
Si d'un air effaré son bonnet, en parlant,
Formait un éventail agité, vacillant;
Si sa pose orgueilleuse et sa mine revêche

Étaient le type affreux d'une aigre pie-grièche,
De ces femmes qu'on voit dans de vastes maisons
Ébranler par leurs cris et voûtes et cloisons;
Si, quinze ans séparée ... (oh! ceci doit se taire;
Car si bien peu le font, beaucoup devraient le faire);
Si du haut de son char, se drapant de son mieux
Dans les jaunes replis d'un ancien *schall boiteux*,
Elle était le pendant de ces vieilles actrices,
Le rebut du Théâtre, ex-Reines de coulisses,
Qu'on envoie aux tréteaux de madame Saqui;
Si même on lui voyait un visage aplati,
Une bouche s'ouvrant jusques aux deux oreilles,
Un vrai teint de corbeau, des paupières vermeilles,
Un front étroit, ridé, décrépit, raboteux,
A peine recouvert de sept ou huit cheveux,
Un pied (oh! mieux vaudrait la béquille ou la crosse)
Plus gros que le sabot d'un cheval de carrosse,
Une démarche d'homme, un vrai pas de dragon :
Ne lui diriez-vous pas : « Mais, ma chère Arpagon,
« Cet honnête marchand que vous voulez exclure
« Pourrait bien vous répondre, et sans la moindre injure,
« Que son épouse n'a (pardonnez mon coup d'œil)
« Ni le teint rembruni, ni le ton, ni l'orgueil,
« Ni le pas assuré, l'organe et les manières
« De ces femmes-soldats qu'on nomme cantinières? »

   Mais là-bas, dans ce coin, qu'entends-je chuchoter?
Vous, Madame, on le voit, vous semblez redouter
Qu'à votre tour aussi je ne vous interroge,
Et qu'en me répondant votre sang ne déroge :

Soit. Pour vous garantir d'un aussi rude choc,
Je vais interroger par groupe et même *en bloc* (1).

Vous abhorrez, dit-on, le seul nom de *Commerce* ;
Le seul nom de *comptoir* vous jette à la renverse :
Mais quand un beau *comptoir*, chargé d'argent *comptant*,
Se trouve entre les mains d'un bon vieux *commerçant*,
POURQUOI recherchez-vous son fils en mariage,
Et le père au besoin, malgré la goutte et l'âge?
Pourquoi donc allez-vous puiser dans ce *comptoir*
De quoi ravitailler plus d'un noble manoir?
Vous dédaignez aussi l'Étude d'un Notaire
(Quand il faut la payer); l'orgueil nobiliaire
En interdit l'entrée aux filles du Blason :
Mais POURQUOI certain fat, l'illustre rejeton
D'un *ex-Notaire* en fuite, horreur de votre ville
(Par pitié pour le fils de cet affreux reptile
Je ne veux le nommer; seulement je vous dis
Qu'il porte le vrai nom d'un saint du Paradis),
Pourquoi, dis-je, ce fat regorgeant de richesses,
Est-il dans vos salons étouffé de caresses?
« Nous voulons, dites-vous d'un air de charité,
« Donner un grand exemple à la société,
« En relevant le fils des fautes de son père » :
Précepte consolant que j'approuve et révère !
Mais POURQUOI repousser, et d'un ton si cruel,

---

(1)   Je vais interroger par groupe et même *en bloc.*

Cette expression *en bloc*, et plusieurs autres, telles que *étaler*, *étalage*, qui se reproduisent assez souvent dans les satires ou les chansons, sentent furieusement *le comptoir* : j'en conviens; mais qu'y faire? *la caque sent toujours le hareng.*

Ceuxque *n'enrichit point* un crime paternel,
Et qui viennent à vous sans éclat, sans fortune?
Pourquoi leur pauvreté vous est-elle importune?
Pourquoi, leur prodiguant et l'outrage et l'affront,
Leur imprimer la crainte et la pâleur au front?
   Enfin vous rougiriez de l'arrière-boutique
D'un marchand de tabac, de soufre ou d'émétique :
Je comprends sur ce point vos prétextes divers :
L'odeur vous ferait mal en agaçant vos nerfs ;
Et d'ailleurs les Marchands furent chassés du Temple (1).
Fort bien. Mais pourquoi donc le *tabac*, par exemple,
Ne vous fait-il pas fuir la splendide maison
D'un marchand de *tabac* qu'on appelle M*****,
Et qui par le *tabac* jadis millionnaire,
Aujourd'hui vous ferait courber vers la poussière?
Comment donc son gros fils, dont je tais le surnom
(Surnom qu'on peut trouver dans les rimes en *on*),
Comment, dis-je, n'ayant ni titres, ni vaillance,
Put-il aisément faire une noble alliance?
POURQUOI son petit-fils, malgré sa nullité,
Est-il dans vos salons admis, choyé, fêté?

   Mais laissons un instant le ton du badinage :
Je voudrais pour finir prendre un autre langage.

---

(1)   Et d'ailleurs les Marchands furent chassés du Temple.

Voyez l'évangile selon saint Mathieu, chap. XXI, v. 12.
Saint Marc, ch. XI, v. 15.
Saint Luc, ch. XIX, v. 45.
Saint Jean, ch. II, v. 15.

Vous qui, bien plus encor que vos nobles époux,
Voulez voir le Commerce à vos nobles genoux,
Vous souvient-il d'un jour où, brillantes, voilées,
On vous vit sur la Place en foule rassemblées?
De ce beau jour mon cœur garde le souvenir :
Alors jeune, ignorant le monde et l'avenir,
L'embarras de la vie et ses pénibles routes,
Mon âme s'élançait vers les célestes voûtes.
J'entends encor vos chants, vos éclatantes voix,
Célébrer et Marie et Jésus et la Croix.
Je voyais vos rubans, vos croix, vos scapulaires,
Et non vos préjugés, vices héréditaires :
En des cœurs adorant un Dieu d'humilité
Je ne soupçonnais point l'orgueil et la fierté.
Vous dont je vois encor les frêles *oriflammes* (1)
(Symbole un peu naïf de vos frivoles âmes)
S'agiter en vainqueurs, et *braver les Enfers* (2),
Voulant tout conquérir, et *briser tous les fers*;
Vous qui vouliez alors *sortir de l'esclavage*,
Rendre au Christ un public, un bien *sincère hommage*;
Vous toutes qui brûliez d'un feu surnaturel

---

(1)	Vous dont je vois encor les frêles *oriflammes*, etc.

Autant que je puis m'en souvenir, on appela *Oriflammes* ces petits drapeaux *bleu et blanc* dont toutes les femmes étaient armées le jour que fut plantée la Croix de Mission.

(2)	S'agiter en vainqueurs, et *braver les Enfers*, etc.

Tout le monde se rappelle le fameux cantique :

Bravons les enfers,
Brisons tous nos fers,
Sortons de l'esclavage, etc.

Contre les ennemis du Trône et de l'*Autel* ;
Vous qui mêliez enfin à vos saintes prières :
« *Vivent Jésus, Marie et les Missionnaires!* »
Vous que l'on exaltait pour la *conversion*
Des pécheurs (si nombreux en notre nation !),
Faut-il, vous reprochant votre ignorance altière,
Vous dire que jadis, et par toute la terre,
Ce fut par le COMMERCE et son puissant concours
Que l'Évangile vit briller de nouveaux jours?
Faut-il vous rappeler (et l'histoire est féconde)
Que partout, en tous lieux, aux quatre coins du Monde,
L'Évangile à la main, de simples Commerçants
Firent plus de progrès que vos prêtres errants (1)?

---

(1)   Firent plus de progrès que vos *prêtres errants.*

Au risque de ne pas trouver tout le monde de mon avis, je m'empresse de dé-
clarer que rien d'injurieux pour les Missionnaires n'est ici au fond de ma pensée :
et quoique j'aie été moi-même victime des dissensions que leur zèle outré et parfois
extravagant suscitait dans l'intérieur des familles, je me croirais injuste si je ne ren-
dais hommage au moins à leurs talents oratoires, et surtout au courage, à la persévérance avec laquelle ils restèrent sur la brèche, jusqu'à ce que, minée de toutes parts,
elle s'écroula sous eux.

Mais s'ils voulaient faire de la Religion un ressort gouvernemental, il était un
moyen beaucoup plus simple et plus facile : c'était de faire faire à la Noblesse en
général, mais d'abord à la *petite*, une RETRAITE de quarante jours au moins, et de lui
administrer régulièrement trois sermons par jour : le premier sur *l'orgueil*, le second
sur *la vanité*, et le troisième sur *le mépris de ses semblables*; ou plus simplement
encore : le premier sur *l'orgueil*, le second sur *l'orgueil*, et le troisième sur *l'orgueil*.
Puis on aurait obligé la Noblesse à faire une confession générale, en lui donnant
pour pénitence d'être à l'avenir moins dédaigneuse, moins *exclusive*, moins égoïste,
moins préoccupée des petitesses de la morgue et de l'étiquette : en un mot, il fallait
lui enjoindre, *sous peine de péché mortel*, de ne pas éloigner du *Trône* ceux que la
bonté naturelle et l'affabilité du Prince y ramenaient de jour en jour, et surtout
ceux-là mêmes qui, en des temps orageux, et au péril de leur vie, s'étaient montrés
ses plus zélés défenseurs.

Dirai-je Inglétius, simple Marchand de Gêne,
Entraînant à Majorque une foule incertaine?
Dirai-je ce Marchand, ce héros de la foi,
Baptisant de Solor et le peuple et le Roi?
Et même de nos jours, à l'aide du commerce,
Les Apôtres du Christ que le zèle disperse,
Pénètrent sans relâche en des climats brûlants,
Bienheureux de pouvoir se faire commerçants!
Ignorez-vous ces faits, je plains votre paresse!
Mais s'ils vous sont connus, ô petite Noblesse!
Ne rougissez-vous point d'avoir au même cœur
Le mépris du Commerce et l'amour du Sauveur!

Mais, pardon, le temps fuit : je lève la séance,
Et je termine ici mon humble Conférence.
Adieu, nobles Seigneurs. De grâce, excusez-moi
Sur l'indiscrétion de mes nombreux Pourquoi.
Je fais depuis hier les apprêts d'un voyage
Pour une autre Province encore bien moins sage :
C'est la seconde fois que je la parcourrai;
J'étudierai ses mœurs, et j'en rapporterai
Quelque petit *Contraste* (1) ou quelque parabole :
Si vous le permettez, je vous tiendrai parole.

---

(1)   . . . . et j'en rapporterai
         Quelque petit *Contraste* ou quelque parabole.

Voyez le Chapitre intitulé Les Contrastes, *ou La Ville noble et la Ville mar-*
chande, deuxième Satire.

CHAPITRE QUATRIÈME.

L'UTILITÉ OU LE BUT.

Le But que le Prince se proposait en anoblissant une personne ou une famille, était sans doute de récompenser des services rendus à l'État ou à sa personne, mais plus encore de perpétuer et de multiplier autant qu'il était en lui les défenseurs du Trône et de la Monarchie. Eh bien ! le temps n'a-t-il pas prouvé que très-rarement ce but avait été atteint, et que presque toujours on arrivait à un résultat tout opposé ? Sans parler des grands noms déshonorés, flétris, souillés par des crimes ou des turpitudes, combien d'autres traînés honteusement dans l'obscurité d'une vie oisive ! Combien de héros, après avoir fait briller la valeur des Chevaliers français aux rayons du soleil d'Italie ou de la Palestine, pourraient voir de nos jours leurs descendants uniquement occupés de s'agiter en cadence sous les bougies d'un salon qu'ils prennent pour des étincelles de gloire ! Combien d'illustrations jadis l'effroi des Sarrasins ou des Espagnols, et aujourd'hui la terreur des *cailles* et des *lapins de garenne*! Combien de familles, autrefois

4

peut-être l'honneur du Barreau et de la haute Magistrature, méritent à peine aujourd'hui une petite nomina-
tion à quelque petit Tribunal!

En s'efforçant d'exhumer les titres poudreux d'une
grandeur passée, qui forme un tel contraste avec ce que
nous voyons de nos jours, la Noblesse ne s'aperçoit
pas qu'elle livre elle-même au public la preuve la plus
complète et la plus saillante de sa décadence et de son
dernier abaissement : de même qu'une vieille coquette,
en nous parlant avec complaisance de ses anciens triom-
phes, et en étalant à nos yeux ses portraits de vingt
ans où brille le vermillon de la jeunesse, ne se doute
pas qu'elle fait ressortir encore davantage les rides de
l'original et sa décrépitude.

Si, à l'exemple des architectes qui, pour les plâ-
trages, emploient quelquefois des débris de vieilles ma-
sures, vous voulez encore par pitié utiliser les débris
de Noblesse épars sur le sol français, imitez Napoléon :
remplissez-en les antichambres; faites-en des Grands-
maîtres, Petits-maîtres, Sous-maîtres des cérémonies :
la flexibilité de leur épine dorsale s'accommodera mieux
de ces puériles fonctions que la noble fierté d'un honnête Commerçant formé à une vie laborieuse et indé-
pendante. Mais, de grâce, et dans votre propre intérêt, ne
leur livrez pas la moindre parcelle du pouvoir : ils per-
draient votre nouvelle Royauté comme ils ont déjà perdu
l'autre. Je m'explique, ou plutôt j'en appelle aux souvenirs
d'un peuple qui, dans les commencements de son règne,
ne refusa pas le titre de Bien-aimé à un Monarque au-

jourd'hui dans la tombe sur une terre d'exil. J'en appelle
surtout aux populations des provinces visitées par lui
en des jours qui déjà n'étaient pas sans nuages. Quel
empressement! quel enthousiasme pour un Prince dont
la seule présence enlevait les acclamations et captivait
les cœurs par la grâce entraînante, par la magie de son
affabilité qui jamais ne fut accusée d'être empreinte de
dissimulation! S'il eût été dissimulé, fourbe, traître, en
un mot *politique*, il régnerait encore sur la fourberie et
la trahison qui, jusqu'au sein de son palais, et sous le
masque du repentir, ne réussirent que trop à surprendre
ses faveurs. La Noblesse dira-t-elle que ces démonstra-
tions du peuple étaient le résultat d'une combinaison
hypocrite? mais elle ne sait que trop que si les peuples
s'entendent quelquefois pour chasser les courtisans,
ils ne s'entendent jamais pour le devenir eux-mêmes.
Partout les plus sincères, les plus vives acclamations
accueillirent le Roi à son passage, et de nouvelles acclamations furent encore les derniers adieux du peuple.
Mais la Noblesse restait là, implantée dans le sol, plus
fière, plus arrogante, plus enivrée que jamais de l'éclat
de sa fausse grandeur. Groupée autour du Monarque
pendant quelques jours d'apparat, elle se crut un faisceau; ce faisceau, elle le crut fort et capable de sou-
tenir à lui seul toute la Monarchie : « Le peuple, c'est
moi! » se dit-elle dans l'ivresse de l'égoïsme, et, les
rangs serrés autour du Trône, elle voulut en inter-
cepter, en absorber à elle seule tous les rayons. Elle eût
nié le Peuple, si le Peuple n'eût fait preuve d'existence.
Le levain qu'il portait dans son cœur s'aigrit, fermenta,

4.

bouillonna de nouveau. Il savait que pour rompre un faisceau il suffit d'en briser le lien : ce lien c'était le trône : le Peuple le voulut, et le trône fut brisé.

Mais que la Noblesse ne s'imagine pas, comme elle le prétend, que c'est sa propre chute qui entraîna celle du trône, et que ce ne fut que pour arriver plus facilement jusqu'au trône qu'on voulut éclaircir les rangs de la Noblesse. Si nous passons en revue toutes les classes de la société à cette époque, partout nous les trouvons en lutte, non pas avec le Trône, non pas avec le Monarque, mais avec *le parti noble*, son plus dangereux ami.

Au fond des Campagnes, était-ce contre le Maître des châteaux de Versailles et de Saint-Cloud, contre le royal Chasseur du parc de Vincennes ou de Compiègne, ou contre le jeune Propriétaire de Chambord, que l'habitant des communes les plus reculées accumulait, à quatre-vingts lieues de distance, ses justes griefs? non sans doute; mais il comprit qu'il fallait un dernier remède pour guérir de leur nouvelle insolence, de leur égoïsme et de leurs empiétements, les fils des anciens Seigneurs : voilà pourquoi il accueillit avec transport et seconda comme un libérateur le mouvement que lui imprimait la Capitale.

Dans l'Armée, étaient-ce les grandes bottes du Vainqueur du Trocadéro, ou les épaulettes du petit Colonel général de neuf ans, qui excitaient la colère et le dépit du vieux soldat? non, mille fois non; mais il regrettait, dans toute l'amertume de ses souvenirs, le temps où une foule de marmots titrés n'envahissaient pas les grades réservés à la valeur et aux longs services : voilà pourquoi il éleva son casque, et le brandit sur la pointe de son sabre, en voyant apparaître l'aurore d'un nouvel avenir.

Quand l'enthousiasme et la joie éclatèrent jusqu'au sein des Colléges, était-ce l'effet d'une haine invétérée contre les cheveux blancs du vieux Monarque et l'âge tendre de son petit-fils? non certes; mais le petit étudiant, dans sa jeune expérience, sentait que désormais le fils du Noble n'oserait plus lui dire avec le sourire du dédain, et en relevant sa cravate : « Pour entrer à Saint-Cyr il faut des protections, et pour l'École polytechnique le travail seul, le mérite ne suffit pas. »

Voilà enfin les différentes causes pour lesquelles la vieille Monarchie et sa vieille Noblesse sont abandonnées du Peuple et de ceux-là même qui autrefois, sous le nom d'*Ultra*, se seraient sacrifiés pour elles; et s'il est permis de s'exprimer sans détour, voilà, en un mot, pourquoi *le parti noble* est obligé aujourd'hui d'aller recruter ses partisans chez les Cosaques.

Dira-t-on aussi, pour dernier refuge, que c'était *l'Autel* que la fureur populaire voulait atteindre en renversant le Trône? Prétendra-t-on que le Peuple confondait dans une haine commune le prêtre égoïste, impérieux, avare, hypocrite, et le prêtre humble, sincère, charitable, que l'on voit partout où il y a des larmes à sécher, des souffrances à adoucir, la discorde à apaiser, celui, en un mot, dont le zèle ne recule ni devant les flots, ni devant les flammes? Et sur ce point me permettra-t-on de reproduire ici, dans toute leur naïveté, les propres expressions arrachées, en ma présence, à l'impartialité de

ce Peuple si peu connu et par cela même si calomnié?
Lors de l'incendie qui dévasta les environs du premier séminaire de France, passant près des décombres
encore fumants et amoncelés sur la Place, je demandai
quelques détails à ceux que je rencontrais sur mon chemin : « Tout ce que nous savons, me répondirent des
hommes qui paraissaient y avoir pris une part active,
c'est que les *Séminaristes* se sont admirablement bien
conduits! » Les mêmes éloges furent répétés vingt fois
sur ma route en termes différents, et par des hommes
dont l'extérieur trahissait le peuple dévastateur de Saint-
Germain l'Auxerrois et de l'Archevêché : « Oh! les braves
jeunes gens! disait l'un; — ils ont bien *gagné leur
journée*, reprenait l'autre; — comme ils travaillaient!
s'écriait un troisième : ils travaillaient comme des
Diables! » Ce dernier mot, prononcé avec un de ces
gestes inimitables qui partent du cœur, me fit dire à
mon tour intérieurement: Non, ce n'est point aux *prêtres*
que le peuple en veut, mais au glaive du despotisme
caché sous de *nobles* soutanes!

Maintenant, Messieurs les Nobles, que vous connais-
sez *l'Utilité* de la Noblesse, demandez-nous à votre
tour : « *A quoi sert* le Commerce? »

Vous qui mettez quelquefois votre vanité à flatter les
arts, pour que les arts vous rendent le centuple de vos
flatteries; vous qui abhorrez ce que vous appelez la rusti-
cité du peuple, comprendrez-vous enfin que la politesse
des mœurs est la fille du Commerce, et que c'est le
Commerce qui communiqua et répartit entre les différents

peuples de la terre les arts et les sciences, aussi bien que les objets de première nécessité? Sans le Commerce, les sciences et les arts seraient-ils passés de l'Égypte dans la Grèce, de la Grèce en Italie, et de l'Italie jusqu'à vous? Si vous vous croyez au-dessus du Commerce, mettez aussi à vos pieds Solon, ce grand législateur qui, au rapport de Plutarque, voyant son patrimoine absorbé par les actes de bienfaisance de son père, s'adonna au Commerce dès sa jeunesse, et eut ainsi l'occasion de voyager en Égypte et dans différentes contrées, dont il étudia les mœurs, la religion et les institutions politiques, pour rapporter dans son pays natal le résultat de ses observations et de son expérience. Rayez de la liste des Rois Salomon, dont les principales opérations au dehors ne furent, comme nous l'avons vu, que des entreprises commerciales! Pour ne pas omettre des temps moins reculés, poursuivez également de vos dédains les Ducs, Princes ou Monarques qui ont exercé le Commerce comme simples particuliers, et parmi eux Laurent de Médicis, Duc de Florence! Reniez, retranchez du corps de la Noblesse, déclarez coupables de félonie les Comtes, Marquis ou Barons, qui dans nos derniers temps furent obligés *d'ouvrir boutique* pour réparer les désastres de la première Révolution! Anéantissez même le Commerce; faites, si vous le pouvez, faites qu'il disparaisse des quatre parties du monde, et bientôt la famine, la misère, et tous les fléaux qu'elles traînent à leur suite, vous convaincront sans doute beaucoup mieux que nos faibles paroles de l'UTILITÉ du Commerce!

Mais, sans effrayer notre imagination par d'affligeantes

peintures, nous pourrons nous convaincre de la supériorité du Commerce sur la Noblesse, par le contraste
qu'enfante l'influence de l'un ou de l'autre sur deux
villes de la même Province.

C'est le tableau de ce contraste qui formera le chapitre suivant.

CHAPITRE CINQUIÈME.

LES CONTRASTES,

ou

La ville Noble et la ville Marchande.

DEUXIÈME SATIRE.

Donnez à la Noblesse un pouvoir absolu,
Livrez-lui le trésor à l'État dévolu,
De Pandore à l'instant la boîte impure, immonde,
S'ouvre, et vomit encore à la face du Monde
Un horrible fléau : son souffle corrupteur
Fera de chaque humain un vil adulateur;
La féconde Industrie aura pour apanage
L'orgueilleux, l'insolent, l'insultant patronage
De tout fat qui se croit issu du Grand Jupin;
L'Artiste, à ses enfants s'il veut donner du pain,
Négligera les traits, la pose et les manières
Des hommes vraiment grands et vraiment exemplaires,
Pour nous peindre l'orgueil, l'illustre nullité
De nos fades Marquis et leur fatuité;
L'Architecte, oubliant l'utilité publique,

La cabane du pauvre et son toit famélique,
Fera crier la scie, élevant à grands frais
Pour le moindre Seigneur un immense palais;
Des hommes qui vivaient d'un travail honorable,
En cultivant pour eux un champ inépuisable,
Transformés de nouveau par la nécessité
En un long attirail de domesticité,
Rapporteront bientôt à leurs foyers champêtres
Les vices qu'ils auront copiés sur leurs maîtres,
L'orgueil, l'effronterie, et cet air contourné,
Cachet particulier de l'homme vraiment *né* (1);
La dignité fera place à la suffisance,
L'équité, le bon droit, à la dure insolence;
Envers le créancier l'outrage et le bâton (2)
Serviront de quittance au Marquis, au Baron;
Un marmot d'officier, bien fier de son panache,

---

(1)   Cachet particulier de l'homme vraiment *né*.

Il est clair que tout homme est *né* par cela même qu'il existe; mais dans le langage aristocratique, un homme *né* est celui qui, en naissant, a un grand nom, une grande fortune, et par suite un esprit surnaturel et la science infuse, mais avant tout ces gestes maniérés et cette grimacière contraction des traits du visage, si utiles aux héros de salons et d'antichambres.

(2)   Envers le créancier l'outrage et le *bâton*
         Serviront de quittance au Marquis, au Baron.

Il est de notoriété publique qu'avant la première Révolution il n'était pas rare d'être mis à la porte, et chassé à coups de *bâton* par les domestiques et sur l'ordre d'un Marquis ou d'un Baron auquel on allait réclamer *son dû*. De telles vexations n'ont rien de surprenant quand on songe que les Comtes, Marquis, Barons, et autres gens *de qualité*, ne pouvaient être jugés que par certains tribunaux faits tout exprès pour eux.

Viendra dicter des lois à la vieille moustache;
Au sortir de l'école un dédaigneux blondin
Endossant la simarre, et la balance en main
Nous donnant pour oracle une ignorance extrême,
Réglera nos destins en arbitre suprême;
Peut-être verrons-nous surgir de leurs tombeaux
Les fantômes dorés des Fermiers généraux,
Pour insulter encore au peuple, à sa misère,
Et d'un sanglant contraste épouvanter la terre;
Enfin dès le maillot le Pair législateur
Substituera la morgue au véritable honneur,
Et l'orgueil d'un vain titre aux droits de la nature.
Heureux si dans le fond de cette boîte impure
Il reste l'espérance! Hélas! songez-y bien,
Des peuples opprimés l'espoir est le seul bien :
Tels au fond d'un creuset le soufre et le salpêtre
Comprimés, torturés sous le pilon du maître,
Bondissent tout à coup en déchirant les airs
D'un affreux hurlement : tel, sous le poids des fers,
Un peuple malheureux, grandi par la souffrance,
Tout en courbant le front ne vit que d'espérance.

Mais si dans un État le Commerce est puissant,
S'il ne supporte point un joug avilissant,
Par ses mille canaux ouverts à l'Industrie
Il sait répandre au loin l'abondance et la vie;
Des ateliers divers assurent en tous lieux
Un asile honorable aux bras laborieux;
Le malheureux reprend sa dignité première
Dont le déshéritait l'excès de la misère;

Il ne doit qu'à lui-même un sort indépendant
Qu'on ne connaît jamais dans le palais d'un Grand;
Enfin c'est le Commerce, en bienfaits si fertile,
Qui seul peut mettre un frein à la guerre civile (1).
    « Mais, s'écrie un Marquis d'un orgueil chatouilleux,
« Pour que ton beau principe, éclos d'un cerveau creux,
« Ne me paraisse point une arme captieuse,
« Un rêve à la Jean-Jacque, une ombre vaporeuse,
« Par un exemple au moins qu'il me soit éclairci :
« Prouve donc, me dit-il. » — Ma preuve, la voici :
Je vais, sans remonter jusqu'à l'Ecclésiaste,
Dérouler devant vous le tableau du Contraste
Qu'enfante l'influence ou des titres poudreux,
Ou du Commerce actif, simple et laborieux.
Mon timide pinceau pour l'horrible recule;
Mais il aime à tracer les traits du ridicule,
Et du crime laissant les trop sombres couleurs,
Je ne veux peindre ici que de frivoles mœurs,
L'orgueil, la vanité, le ton de suffisance,
La morgue et l'étiquette, et surtout l'arrogance;
Mais en peignant l'orgueil je peins tous les forfaits
Qui toujours de l'orgueil sont les cruels effets.
Je choisis deux Cités de la même Province :

---

(1)   Enfin c'est le Commerce, en bienfaits si fertile,
        Qui seul peut mettre un frein *à la guerre civile.*

    « L'effet naturel du commerce est de porter à la paix. »
        (MONTESQUIEU, DE L'ESPRIT DES LOIS, LIVRE XX, CH. II.)

L'une et l'autre jadis soldaient le même Prince
(*Prince* ou *Duc*, peu m'importe : au siècle où nous vivons
Le lecteur ne tient guère au plus ou moins des noms),
Et d'un même climat éprouvant l'influence,
Elles pourraient offrir des points de ressemblance
Au grave historien fidèle scrutateur.
Toujours de leur Province elles furent l'honneur.
Jadis dans toutes deux, pour la paix, pour la guerre,
Mars avait des remparts, Thémis un sanctuaire.
De leurs vieux habitants on vante les exploits
Contre leurs ennemis, Ducs, Empereurs ou Rois :
Pour tout dire en deux mots, partout dans leurs annales
Courage, dévouement, couronnes triomphales.
Devant l'une un héros (1), Empereur des Germains,
Vint briser son épée, et ses puissantes mains
S'étonnaient de trouver un obstacle à la gloire.
Devant l'autre, à ses pieds, un Duc dont la mémoire
N'est que trop parvenue à la célébrité
Vint recevoir le prix de sa TÉMÉRITÉ.
Elle n'offre, il est vrai, que des pans de murailles,
Mais glorieux débris, restes de vingt batailles,
Qui bien loin d'être là témoins accusateurs,
Nous montrent qu'ils étaient l'effroi de leurs vainqueurs;
Ils disent qu'il fallut dépouiller la vaillance
Devant un ennemi dont on sait la puissance,
Monstre contre lequel la valeur ne peut rien,

---

(1)   Devant l'une un héros, etc.
Charles-Quint, Empereur d'Allemagne.

Son langage est poli, mais son cœur est d'airain,
Serpent pétri de ruse et de supercherie,
Sans peine on me comprend, c'est la Diplomatie (1).
Bref, l'une et l'autre avaient un pouvoir presque égal :
De nos jours on y voit un siége épiscopal;
Dans l'une et l'autre encore une Cour criminelle
Nourrit de Chicaneau la lignée éternelle.

Mais voulant avant tout fuir l'ambiguïté,
J'appellerai MERCÈS l'opulente cité
Où règne le travail à l'ombre du COMMERCE;
LOTHAR est l'autre nom que j'emprunte à la Perse.

Toutes deux sembleraient promettre aux voyageurs
Partout mêmes tableaux, au moins extérieurs.
Mais le plus grand Contraste est offert à leur vue :
Entrant dans la première, on voit de chaque rue
Les passants animer les détours sinueux;
Point de luxe effréné; le travail fructueux
Semble dominer seul cette ville ouvrière;
Là point de sot orgueil, pas de démarche fière;
Nul geste étudié, point de regard hautain;
Partout la bonhomie et non pas le dédain.

Parcourez la seconde : un air de symétrie,
De recherche, de fête et de coquetterie,
Des trottoirs alignés, le murmure des eaux,
L'ombrage des tilleuls, et partout des châteaux,

---

(1)   Sans peine on me comprend, c'est la *Diplomatie.*

Les fortifications de cette ville furent démolies en vertu d'un *traité* : c'est-à-dire qu'après avoir résisté pendant plusieurs siècles à la force des armes, ses murailles tombèrent sous un trait de plume de la *Diplomatie.*

Vous offrent, il est vrai, le tableau de Versailles.
Mais il est un revers aux plus belles médailles :
Quelques rares passants bien gommés, bien gantés,
Et comme un soir de bal raidement cravatés,
Une main sur la taille et l'autre à la coiffure,
Se regardant marcher admirent leur allure.
Plus loin un anglomane, un singe du dandy,
Sur le haut du pavé, longtemps après midi,
Se penchant avec art, mais sans grâce et souplesse,
D'un léger tilbury dirige la vitesse.
Enfin sur la Terrasse (1), avec grand apparat,
L'Artiste et le Banquier, l'Épée et le Rabat,
Tous boursouflés d'orgueil (2), s'étalant à leur aise
Au doux son du triangle et de la grosse caisse,

---

(1)   Enfin sur *la Terrasse*, etc.

La Terrasse est, comme on peut le voir par tout ce qui suit; le nom de la Promenade à la mode.

(2)   L'Artiste et le Banquier, l'Épée et le Rabat,
           Tous boursouflés d'orgueil, etc.

J'avoue ici, et j'avouerai toutes les fois que l'occasion s'en présentera, que dans
une ville infectée de petite Noblesse, toutes les classes de la Société finissent par
partager quelques-uns de ses ridicules et de ses travers, par la force entraînante de
l'exemple, mais plus encore par l'effet d'une sorte de réciprocité : j'avouerai même
que le Commerce n'est que trop souvent disposé à rivaliser avec elle de morgue, de
suffisance et de mépris pour les professions moins brillantes ou moins lucratives.
Mais loin d'en tirer un argument contre le Commerce, je n'y vois qu'un motif
d'encouragement pour chercher à couper le mal à sa racine; car sans les ridicules
préjugés de la Noblesse, sans cette étrange distinction entre les prétendus gens *de
qualité* et ceux *de basse extraction*, les hommes, au lieu de passer leur vie à se mépriser les uns les autres et à se renvoyer le mépris de proche en proche, ne se re-
garderaient sans doute que comme les enfants d'une même famille, venus sur la
terre pour marcher vers un but commun, LE BONHEUR DE L'HUMANITÉ.

Se lorgnent par bon ton, l'un de l'autre envieux.
La Mode, en vrai tyran sot et capricieux,
Dans cette Sybaris étend son fol empire :
Pour la Mode avant tout le plus sage y délire;
Tout vous crie en un mot : « Cette fière Cité
Est le temple vivant de la Fatuité. »
    Ici quel grand Contraste en l'une et l'autre ville!
A MERCÈS les époux, sans appareil futile,
Sortent pour prendre l'air, jouir d'un beau soleil,
De la Nature, aux champs, admirer le réveil,
De leurs enfants chéris exercer le jeune âge,
Guider leurs premiers pas et leur petit voyage,
Redevenant enfants, se mêler à leurs jeux,
Folâtrer, sautiller, gambader avec eux.
A LOTHAR, si l'on sort, c'est pour faire parade
D'un cachemire *faux*, qu'après une algarade
Fort souvent un mari fut contraint d'acheter,
Et qu'avant de sortir on lui fait inspecter.
Ils vont sur la Terrasse avaler la poussière,
Promener leurs habits et leur démarche altière.
Là, la moindre *gamine* (1), imitant ses parents,
A l'âge tout au plus de huit, dix ou douze ans,
Pour s'élever de suite au rang des demoiselles,
D'un air fier et guindé veut jouer des prunelles.
Son petit frère aussi, la badine à la main,
Dépouillant tout d'abord l'air aimable, enfantin,

_____

(1)   Là, la moindre *gamine*, etc.

Pourquoi ne dirait-on pas *gamine* en dépit des Quarante, quand ils ne peuvent
nous offrir aucun équivalent?

Semble oublier les jeux de l'humble adolescence,
Pour mieux nous étaler sa précoce arrogance.
C'est pour se distinguer qu'il marche ou qu'il s'assied :
Il sourit, il se penche, il montre un petit pied,
Pour mieux se distinguer du modeste vulgaire :
Se distinguer enfin est son unique affaire.
Tout boitant de fatigue il rentre vers le soir
Bien charmé d'avoir vu...... qu'on aurait pu le voir.

   Laissons la Promenade et prenons nos entrées
Au Spectacle, aux Concerts, aux nombreuses Soirées.
A MERCÈS les plaisirs sont après les travaux
Pour tous les habitants un honnête repos.
A LOTHAR, le travail, les choses sérieuses
Délassent à regret et danseurs et danseuses :
Chez le Notaire on danse, on danse chez l'Huissier ;
L'Avocat pour danser néglige son dossier ;
Chez le Préfet, le Maire on valse et l'on galope ;
Pour danser, le Marquis se montre philanthrope (1).
La danse est le plus grand, le plus insigne honneur ;
La danse est le chemin le plus court du bonheur ;
Celui qui danse bien est un homme estimable ;
Avant qu'il ait rien dit chacun le trouve affable ;

---

(1)   Pour danser, le Marquis se montre *philanthrope.*

   Pour comprendre ce vers il faut que le Lecteur sache que dans cette ville il se
donne chaque année des bals appelés *Bals de la Redoute,* et où abonde principalement le Commerce. L'étiquette et *le bon genre* interdisent sévèrement aux
Baronnes, Comtesses et Marquises de se mésallier en s'y montrant. Elles ne daignent
faire une exception à cette règle que pour le dernier bal, ordinairement *au profit
des Pauvres :* encore ont-elles bien soin de n'y arriver que vers la fin, avec des

Des plus brillants salons il est le bienvenu :
La pose académique, et le jarret tendu,
Qu'il s'apprête à voler de victoire en victoire!
Pour lui l'éclat d'un lustre est un rayon de gloire;
Une salle de danse est le temple immortel
Du goût, de la raison : il en est l'arc-en-ciel.
Un quadrille à former! c'est un plan de bataille
Qui pourra lui valoir la croix et la médaille.....
La croix!... vous vous riez, et moi je ne ris pas :
Le siècle où nous vivons... mais chut! chut! parlons bas :
Un danseur a toujours de belles protectrices;
C'est un enfant gâté dont on suit les caprices :
Dans cette ville enfin, comme au palais des Rois,
La danse peut mener aux plus brillants emplois.
Sans la danse comment y faire un mariage?
C'est au bal que la mère, avec grand étalage,
Vous amène sa fille, et les fleurs, les rubans
Sont les heureux filets qui prennent les amants.
Il faut qu'à la parer le Papa se ruine,
Et consume l'argent qu'à la dot il destine.

---

calepins remplis à l'avance, et avec des robes et des fleurs fanées, pour avoir occasion de se dire entre elles : « *Ah! ma chère, c'est encore trop bon pour* LA REDOUTE *!* »

A l'exemple des Marquises, les Marquis daignent venir danser *au bal des Pauvres* : donc

> Pour danser, le Marquis se montre *philanthrope.*

N. B. Au moment où j'écris cette note on m'apprend que les bals *de la Redoute* sont tombés.

O vicissitudes des grandeurs humaines!...... ô Morgue! ô Étiquette! peut-on vous enlever un si beau champ de bataille!................................
Consolez-vous! il vous reste encore les bals de la Préfecture.

Mais de nobles rentiers cherchant des épouseurs,
Et voulant sans grands frais paraître grands Seigneurs,
Orgueil et pauvreté, vanité sans finance,
Trouvent le grand secret de former alliance :
Dans une chambre étroite, un ténébreux quinquet,
Un aveugle faisant crier son maigre archet,
Deux ou trois biscotins, et de l'eau peu sucrée,
Prennent les noms pompeux de BAL et de SOIRÉE.
Pour un bal, que l'on soit honnête homme ou fripon,
Si l'on veut être admis dans tel ou tel salon,
Il faut une *peau d'âne* (1) attestant l'origine
De vous, de vos parents, oncle et tante et cousine;
Mais ce n'est point assez de descendre d'Adam,
Il faut que votre nom sonne comme un tympan,
Qu'il commence par DE, qu'il ronfle à la finale,
Qu'il se termine en *ours*, en *vile* ou même en *sale*,
En *vain*, en *veaux*, en *oie*, en *urgogne*, en *ulys*,
Oh! mais surtout en OR, et vous serez admis.
De certains noms pompeux la finale est si belle
Qu'ils se font *descendants* de Jeanne *la Pucelle* :
Pour donner à ce fait un peu plus de crédit,
Ils se diront un jour issus du Saint-Esprit.
Mais laissons *la peau d'âne* étaler ses merveilles,
Et cacher sous les fleurs le bout de ses oreilles;
Laissons-la s'affubler de vains épouvantails;
Pour nous, cherchons ailleurs les plus humbles détails.

---

(1) Je crois que c'est avec la *peau d'âne* que se fait le genre de *parchemin* le plus solide.

A Mercès, vous voyez sortir sans étalage
Des dames qui, songeant à leur petit ménage,
Vont rendre une visite au plus proche marché.
A Lothar, c'est toujours d'un air endimanché
Que la plus mince Dame, imitant (1) la Baronne,
S'y montre seulement pour faire voir sa bonne :
C'est la bonne par-ci, c'est la bonne par-là :
« Ma bonne, ôtez ceci ; bonne, prenez cela. »
Bien heureux de ne pas entendre la maîtresse
S'écrier tout à coup : « Maladroite et traîtresse!
« Mon beau voile est taché! (2) c'est votre faute à vous !
« Seigneur Dieu! juste ciel! apaise mon courroux! »

A Mercès, si l'on entre au salon littéraire,
C'est pour lire, et connaître un nouveau ministère,
Ou même pour savoir ce qu'on fait à la Cour,
Parcourir la brochure ou le roman du jour,
Les ouvrages nouveaux des savants, des critiques,
Et suivre au coin du feu les débats politiques.

---

(1)   A Lothar, c'est toujours d'un air endimanché
         Que la plus mince Dame, *imitant la Baronne*, etc.

Voyez la note (2) de la page 63.

(2)   Mon beau voile est *taché!* etc.

Si je n'avais craint de surexciter la sensibilité de mes Lectrices, j'aurais pu parler
non-seulement des *taches*, mais encore des *accrocs* que les grandes toilettes vont
attraper au marché, et raconter la trop véritable et trop larmoyante histoire d'une
élégante qui, voyant un lambeau de son beau voile de dentelle accroché à ce qu'on
appelle dans le pays une *charpagne* de salade, n'employa d'autre remède pour cal-
mer l'agitation de ses nerfs, que d'accabler de reproches et d'épithètes énergiques
la pauvre *Margot* dont elle se faisait suivre habituellement *ad honores*, ce qui veut
dire *pour se donner un genre*.

A Lothar, les dandys, les jeunes damoiseaux
Y vont pour se grouper, se plaquer aux carreaux,
Étaler un habit d'une coupe nouvelle,
Discuter gravement sur un point. . . . . de dentelle,
Puis sur les escarpins ou pointus ou carrés,
Sur les gilets de soie, unis ou bigarrés,
Et des pauvres passants critiquer la tournure,
Le chapeau, la cravate et même la figure,
Sans épargner, hélas! le malheureux rimeur
Qui leur doit quelque peu de sa maligne humeur,
Et n'a l'intention, non plus que l'espérance,
D'amener ces pécheurs à faire pénitence.

Dans la première au moins ce n'est point un habit
Qui fait estimer l'homme et le met en crédit :
La mode n'est pour lui qu'une chaîne importune;
Et même si les biens de l'aveugle fortune
Laissent percer encore, avec la vanité,
Les injustes effets de l'inégalité,
Tout disparaît au jour d'une fête publique,
Sous l'ombrage et le frais d'un verdoyant portique,
Où les rangs confondus par l'attrait des plaisirs
Savent, la coupe en main, suspendre leurs désirs.
A Lothar, c'est surtout au plus grand jour de fête
Que la Morgue et l'Orgueil, pour relever la tête,
Se donnent rendez-vous au *Te Deum*, au bal.
Alors plus de salut, plus de geste amical :
La stupide Étiquette est sur la défensive;
La Morgue lui répond par l'insolent *qui vive!*
On se toise, on dispute, on arrache son rang;

Ici c'est pour le *nom*, et là c'est pour le *sang;*
La Morgue est aux abois : l'observateur s'amuse;
Chacun veut obtenir ce qu'à l'autre il refuse;
Et l'homme le plus simple, et le moins orgueilleux,
Pour être *du bon ton* devient fat, dédaigneux :
Redoutant le mépris, à son tour il méprise
Et se donne des airs de marquis, de marquise.
Les Sommités du lieu, les notables Grandeurs,
Très-illustres faquins, hauts et puissants Seigneurs,
Mais dont la vanité rétrécie, exclusive,
Est l'unique ressort d'une âme bien chétive,
Paraissent envier au peuple ses plaisirs,
Sa gaieté simple et franche, et veuve de soupirs;
Mais en s'appropriant ses jeux les plus vulgaires,
C'est toujours *à huis clos* qu'ils se font populaires :
Et de même qu'il faut un DE pour certain bal,
Il faut un protecteur pour rire au carnaval;
Il faut un nom titré pour une mascarade,
Et pour remplir un rôle un jour de cavalcade (1).

---

(1)   Il faut un nom titré pour une mascarade
             Et pour remplir un rôle *un jour de cavalcade.*

Dans la crainte qu'on ne m'accuse d'exagération, je me crois obligé de reproduire
ici le fait sur lequel je base le reproche adressé aux Sommités de cette ville relative-
ment au carnaval.

Je demande pardon au Lecteur pour la petitesse du détail dans lequel je vais
entrer; mais comme ces prétendus *Grands* ne se sont perdus que par des *petitesses,*
ce n'est pas ma faute s'il faut que je l'entretienne encore ici d'une *petitesse.*

Sous l'Empire, et même à la première rentrée des Bourbons (époque à laquelle
la Noblesse n'eût pas osé se montrer ce qu'elle devint plus tard), plusieurs Caval-
cades avaient eu lieu dans cette ville. Tous les habitants y étaient admis sans aucune
distinction. Le lieu et l'heure du rassemblement étant indiqués, les premiers arrivés

Les temples, les autels d'un Dieu d'humilité
N'offrent point un asile où l'on soit abrité
Contre le sot Orgueil, la Morgue, et l'Étiquette.
Choisissez un grand jour de Sermon ou de Quête

étaient, comme on dit, les mieux et les premiers placés. Si l'on voulait régler autrement l'ordre de la marche, c'était la singularité ou l'éclat du costume qui en décidait; et les retardataires n'avaient d'autre punition que d'être mis à la queue; mais point de distinctions personnelles, point de formalités, en un mot, pas d'étiquette.

Mais une Restauration opère bien des changements dans certains esprits : après la fièvre vient le délire : et pourquoi n'auraient-ils pas déliré en plein carnaval aussi bien qu'en tout autre temps?

Trois ans à peine avant leur dernière défaite, une nouvelle Cavalcade fut annoncée, dans cette ville, avec toute l'importance des anciens tournois : les noms des preux devaient être inscrits d'avance sur un registre : il était sous-entendu que *la bonne société seule* pourrait se faire inscrire : à la vérité on n'exigeait pas la preuve des *trois quartiers*; mais les plaisants se demandaient si les *Armoiries* ne seraient pas de rigueur.

M. N****, dont je pourrais citer le nom, honnête commerçant de la ville, ignorait toutes ces nouvelles conditions d'admissibilité. Croyant avec l'ancienne bonhomie de nos pères qu'une Cavalcade de carnaval était encore un rendez-vous général donné à tous les rieurs, il réveille ses souvenirs de jeunesse, va louer en toute hâte un costume et un cheval, et à l'heure indiquée il se dirige vers le lieu du rendez-vous.

Déjà la chevaleresque Cavalcade était cernée par devant, par derrière et en flanc par tout ce que la ville possédait de Gendarmes, non pas pour maintenir l'ordre comme cela se voit chaque année sur les boulevards de Paris, mais uniquement pour empêcher les masques *de basse extraction* de venir faire rougir par leur présence les Pages du Grand Frédéric, les Démons de Robin des Bois et autres *masques de qualité*, qui daignaient descendre du théâtre dans la rue et sur les places publiques. M. N**** fend la foule et se dispose à prendre la file; mais un Gendarme, le sabre au poing, lui signifie de se retirer. En vain réclame-t-il de la voix et du geste; en vain son long habit de soie noir, son gilet à ramages, et sa haute perruque blanche à trente-six marteaux semblent intercéder pour lui : « On ne passe pas! » lui crie de nouveau le Gendarme. « Comment! on ne passe pas! ne suis-je pas à « cheval et en costume comme les autres? Dites au moins pourquoi. — Parce que « *vous n'êtes pas de la société*, » lui répond le Gendarme.

Si M. N**** eût voulu décliner une particule suivie d'une terminaison un peu ronflante, quelle que soit la stupidité et la bassesse que cachent souvent de belles

Pour voir cette chapelle où d'illustres tombeaux
Dérobent à vos yeux la cendre des héros :
Vous auriez vu naguère et morgue et suffisance
A la réunion dite *Persévérance* (1),
Et d'orgueilleux *chapeaux* séparés des *bonnets* (2)
Persévérer d'abord à braver les caquets.

---

terminaisons, la logique consigne du Gendarme eût sans doute compris que c'était
là *la société* par excellence.

M. N**** dédaigna de se couvrir d'un tel manteau, et non sans murmurer
contre les petitesses de la vanité et de la morgue, il faisait déjà le sacrifice du plaisir
qu'il s'était promis et de la dépense qu'il avait faite, quand un M. De **** vint à
passer. M. N**** qui le connaissait lui fit part de sa mésaventure, et lui peignit
en termes énergiques toute son indignation. M. De **** ne put refuser sa média-
tion près de *Lucifer* son ami; et, grâce à une démarche *protectrice*, M. N**** fut
enfin admis.

Une foule d'autres cavaliers assez bien costumés et d'une manière très-décente
n'eurent pas autant de bonheur et furent impitoyablement et injurieusement re-
poussés.

Il n'y a donc pas de ma part la moindre exagération à dire et à répéter encore
que dans cette ville, pour faire partie même d'une simple cavalcade de carnaval,
il fallait alors un *titre* ou une *protection*.

(1)   A la réunion dite *Persévérance*.

Je ne sais si d'autres villes eurent après les missions ce qu'on appela dans celle-ci
l'Association de la Persévérance : en tout cas je supplie le lecteur d'être convaincu
qu'il n'y a au fond de ma pensée rien d'offensant pour *l'Association* en elle-même :
à part tout autre motif, l'esprit de tolérance en matière de religion me commande
le respect.

(2)   Et d'orgueilleux *chapeaux* séparés des *bonnets*, etc.

Comme on pourrait s'imaginer que ceci est une pure fiction, je me crois encore
obligé d'entrer dans un petit détail, pour prouver que les dévotes *en chapeau* étaient
réellement *séparées* des dévotes *en bonnet*, et qu'ici, comme ailleurs, il n'y a pas
la moindre exagération de ma part.

Il y avait une réunion pour les hommes et une réunion pour les femmes : et
l'église où se réunissaient les membres de l'Association étant très-étroite, on n'avait
pu ménager entre les chaises qu'une seule allée qui la traversait par le milieu depuis

Mais voulez-vous connaître un plus piquant délire ?
Il est tel desœuvré, que je pourrais vous dire,
Qui sur la grande route, et pour aller au loin,
Se passe d'un cheval dont il aurait besoin.
Donnez-lui son coursier : en séducteur habile

---

la grande porte d'entrée jusqu'au chœur : en sorte que les chaises étaient divisées en *côté droit* et *côté gauche.* Le côté à droite de l'autel, et par suite *à la droite* du Christ, se trouvait en face de la chaire : aussi les soi-disant *Grandes Dames* s'en emparèrent-elles dès l'origine, sans doute dans la pieuse intention de ne perdre ni une seule parole, ni un seul geste du Prédicateur qui, au dire de toutes ces Dames, avait quelque chose de très-mignon et de très-gracieux dans la physionomie, et surtout dans la main, et même dans le pied.

Mais comme entre une grande dame et une autre il n'y a la plupart du temps de différence que le chapeau, toutes les femmes en chapeau s'emparèrent insensiblement et de proche en proche *du côté droit* : en sorte que cette *usurpation* devint, au bout de quelques semaines, un droit acquis, un *usage* auquel *les bonnets* furent obligés de se soumettre sous peine d'être regardés comme *manquant d'usage.*

Quand par inadvertance une pauvre dévote *en bonnet* se plaçait du côté des dévotes *en chapeau,* celles-ci faisaient tant et tant de mouvements avec leurs chaises ; elles lançaient, par-dessus l'épaule, tant et tant de ces regards que les femmes entre elles comprennent encore mieux que nous ; elles agitaient tant et tant leurs manches bouffantes, que la pauvre dévote *en bonnet,* resserrée, étouffée entre deux manches à gigot, se retirait à l'instant même pour aller se mettre à l'aise avec les dévotes du côté gauche ; ou si un sentiment de fausse honte l'empêchait de se retirer de suite, elle formait au fond de son cœur la ferme résolution de ne plus *manquer d'usage* à l'avenir, et de se placer du côté que *l'usage* avait assigné aux bonnets.

Eh bien ! le Prédicateur, homme d'esprit, et qui dans des circonstances difficiles montra un courage et un sang-froid que ne semblait pas promettre la faiblesse de sa constitution, n'eut pas la force de foudroyer comme il le méritait, et de faire disparaître un abus non moins injurieux que révoltant, et qui affligeait profondément de véritables dévotes, ayant néanmoins l'honneur de porter chapeau, et de la propre bouche desquelles je tiens tous ces petits détails.

Patience !..... nous verrons au jour du Grand Jugement si les bonnets seront encore *à la gauche* du Christ, ou si à leur tour ils n'auront pas le plaisir de voir griller éternellement les orgueilleux chapeaux, les fleurs, les panaches, et les beaux voiles de dentelle !

Il ne sortira point des portes de la ville :
Son coursier lui vaudra plus d'un regard flatteur ;
Son coursier dans le monde est son introducteur ;
Par son coursier il brille, et c'est par lui qu'il charme ;
Pour son coursier l'Amour verse plus d'une larme.
Malheur à vous, rivaux, dont les coursiers moins fiers
Jamais en se cabrant ne vous donnent des airs !
Si leur queue est moins belle, ou que leur encolure
Ne cadence jamais une élégante allure,
Pour vous point de faveurs, pour vous point de succès ;
Et d'un plus grand déboire épargnez-vous l'excès :
Si votre humble cheval n'est de race allemande,
Si sa taille est petite ou son oreille grande,
Gardez-vous de passer près de Godichévain (1),
Fuyez, fuyez au loin son regard fade et vain :
C'est vous (je ne fais point de mauvaise chicane)
C'est vous qui passeriez à ses yeux pour *un âne.*

Dans la première ville un homme d'un haut rang,
Loin de se pavaner d'un animal *pur sang*,
Aborde sans rougir, sur la place publique,
L'artisan le plus humble et le plus famélique ;
Sans rougir, et surtout sans air de protecteur,
Il sait de son semblable honorer le malheur.
Dans l'autre, et par pitié permettez que j'abrége,
Le petit écolier encor dans son collége,

(1) Voyez le chapitre des Pourquoi à la page 35.
Voyez aussi la chanson IV intitulée : M. Godichévain De Quichenville, *Grand-Cavalcadour de sa Province, à sa noble bête.*

Le plus mince employé, le plus frêle instrument
Des Contributions, de l'Enregistrement,
Pour ne pas saluer le roturier qui passe,
Se disent affligés d'une vue un peu basse :
Même (qui le croirait?) certains maigres fracs verts (1)
Vous lancent, par orgueil, un regard de travers.

Du Contraste étonnant qui devant lui se pose
Le moindre observateur recherche-t-il la cause :
Dans l'une, se dit-il, je vois des Fabricants,
Et j'admire les mœurs d'honnêtes Commerçants;
Mais dans l'autre je trouve, à défaut de sagesse,
Un grand encombrement de petite Noblesse.

---

(1) . Même (qui le croirait?) certains maigres *fracs verts*
        Vous lancent, par orgueil, un regard de travers.

Les *fracs verts* dont il s'agit ici furent, dans l'origine, presque *exclusivement* endossés par des fils de Comtes, Marquis ou Barons, qui se firent bientôt détester, dans toute la ville, par leurs manières hautaines et dédaigneuses. Espérons que leur morgue et leur suffisance ne se transformeront pas en *esprit de corps*, et que les vers de la Satire ne seront jamais applicables à leurs successeurs.

CHAPITRE SIXIÈME.

CONCLUSION.

UNE fois la supériorité du Commerce sur la Noblesse bien établie sous le double rapport de *l'Origine* et de *l'Utilité*, c'est en vain que l'on voudrait faire une distinction entre le grand commerce et le petit commerce, entre le commerce en gros et le commerce en détail. De même que lorsqu'un corps d'armée s'est couvert de gloire, chaque régiment qui le compose, chaque bataillon, chaque compagnie, chaque soldat a droit d'en revendiquer une parcelle : de même aussi le Commerçant en détail, que sa fortune ou sa position éloignent des opérations plus étendues, n'en a pas moins droit à une parcelle de cette considération qui doit environner le Commerce, et à laquelle il a su de nos jours ajouter le relief de la puissance publique. Admettons même que l'on fasse pour le petit commerce la distinction qui est à faire entre la partie et le tout, il n'en résultera pas moins que le Commerçant en détail est aussi haut placé sur l'échelle commerciale que le petit Noble de Province sur l'échelle nobiliaire.

En vain aussi voudrait-on argumenter contre le Commerce de la mauvaise foi et des bassesses dont il a souvent à rougir : ce serait vouloir reprocher aux mouches à miel l'existence des frélons, et à la Noblesse elle-même les crimes de la félonie qui a pris naissance dans son sein.

Mais au sujet de ce reproche de mauvaise foi et de bassesse que l'on fait souvent au Commerce, ne devrais-je pas m'adresser plus particulièrement à une sorte, ou, pour mieux dire, à une *race* de marchands, errants, disséminés parmi les nations, appartenant à toutes, et par cela même n'appartenant à aucune ? Eux qui se réjouissent d'une Révolution qu'ils n'auraient pas eu le courage de faire, qu'ils gravent en lettres d'or au-dessus des tables de la Loi, que le principe d'un gouvernement libre, c'est, suivant l'expression de Montesquieu, c'est LA VERTU : c'est-à-dire que l'essor d'un peuple vers la liberté doit être en même temps un essor vers la probité, la bonne foi et toutes les vertus qui sont le lien et l'âme des sociétés, mais surtout du Commerce. Qu'ils ne perdent jamais de vue que si la loi française ne voit en eux que les enfants d'une même famille, et les place, à ce titre, sous son égide, comme une juste réparation des vexations et des angoisses qu'ils eurent à subir en des temps plus reculés, ce n'est point pour les autoriser à se regarder comme campés chez un peuple ennemi qu'ils peuvent dépouiller impunément et en parfaite sécurité pour leur conscience. Qu'ils ne cherchent point à profiter de nos dissensions politiques et de notre indifférence en matière de religion, pour rebâtir le temple de Salomon sur les ruines de nos églises. Qu'ils se souviennent que c'est pour avoir adoré *le veau d'or* que leur race fut sur le point d'être exterminée. Qu'ils songent que ce n'est pas seulement dans un tabernacle enrichi d'or et de pierreries que Dieu veut voir conserver sa Loi, mais dans le tabernacle le plus sublime de la création, le cœur de l'homme; et que ce n'est pas uniquement par une vaine observation de pratiques minutieuses et par les austérités du *jeûne* que le Seigneur veut être honoré, mais par une volonté ferme et constante de ne faire *jeûner*, en les dépouillant, ni son frère, ni son voisin.

Sans avoir l'intention de renouveler ici les nombreux reproches du Prophète Malachie (1) au sujet des hosties défectueuses et des offrandes immondes présentées, dès les premiers temps, par l'avarice et la supercherie de ce peuple, quand je verrais la même main brûler de l'encens sur l'autel des Parfums, et amonceler sur l'autel des Holocaustes les victimes du faux, de la banqueroute et de *l'usure*, je voudrais pouvoir emprunter une voix aussi éclatante que les trompettes au

---

(1) Malachie, le dernier des Prophètes, au chap. **I**, v. 7 et 8, reproche aux Juifs, au nom du Seigneur, d'offrir sur l'autel un pain impur, et pour victimes des animaux *aveugles*, *boiteux* ou *malades*.

Ne dirait-on pas qu'il veut parler de nos *maquignons?*

Plus bas il leur dit encore au nom du Seigneur :

« Vous m'avez amené des hosties boiteuses et malades que vous « présentiez comme le fruit de votre travail, tandis qu'elles étaient le « fruit de vos *rapines*. » (Ch. I, v. 13.)

son desquelles tombèrent les murailles de Jéricho, pour
m'écrier avec le Dieu Vengeur :

*Avant d'approcher de l'autel, purifiez vos mains et
sanctifiez-les!!* (Exode, chap. XXIX et XXX.)

Du reste, qu'on ne croie pas que je veuille ici faire
une guerre de religion aux enfants d'Israël ou de Juda,
et que je parle des *Juifs* comme opposés aux *Chrétiens;*
qu'on ne m'accuse pas aussi d'être imbu à leur égard de
préjugés semblables à ceux que je reproche à la Noblesse :
ce que j'attaque ce n'est certes pas leur *origine*, le sang
qui circule dans leurs veines, leur *culte*, leur croyance,
mais bien leur esprit de ruse et de supercherie,
l'usure, et tous ces vices caractéristiques tellement ré-
pandus parmi eux, que la bonne foi et la probité n'y sont
plus qu'une rare exception. Je me flatte néanmoins
de l'espérance que mes exhortations seront approuvées
par d'honnêtes Israélites qui, si elles pouvaient être effi-
caces, n'auraient plus la douleur de voir le nom de *Juif*
devenu indistinctement l'injure la plus significative
qu'on puisse jeter au visage d'un fripon.

Enfin, pour m'adresser en terminant au vrai Commerce
français :

Qu'il mette tout son honneur à faire en sorte qu'un
homme probe, honnête, vertueux, n'ait à rougir nulle
part du titre de *marchand;*

Que dans la sphère politique et constitutionnelle, il
accomplisse avec courage et persévérance ses hautes
destinées;

Qu'il redouble d'efforts et de vigilance pour conserver et étendre sa conquête;

Que partout et toujours il oppose une noble fierté aux misérables dédains de ce qu'on appelle si improprement *la Noblesse*;

Mais aussi qu'il donne l'exemple à sa rivale : qu'il honore le mérite personnel partout où il le trouvera; qu'il dépose tout sentiment de prévention en présence *d'exceptions* honorables, en faveur d'hommes vraiment distingués, qui, par leurs travaux, leurs talents et leur manière d'être, s'efforcent de faire oublier les torts et les odieux préjugés d'une caste dont ils ne conservent que le nom :

Que tous, et Nobles et Commerçants, se souviennent qu'il n'y a plus en France que des CITOYENS FRANÇAIS. Mais qu'à son tour la Noblesse n'oublie jamais que l'ANCRE, premier emblème du Commerce, est aujourd'hui l'*ancre de salut* des libertés publiques et de la civilisation.

RECUEIL DE CHANSONS

TROUVÉES DERRIÈRE UN COMPTOIR,

PARMI DES FACTURES ET DES PRIX-COURANTS.

6.

TROIS MOTS DE PRÉFACE.

IL ne suffisait pas d'avoir trouvé ce recueil de Chansons : la difficulté était de lui faire voir le jour; et comme les airs en sont un peu anciens, au moment de mettre sous presse je fus saisi d'une sorte de scrupule en songeant qu'en France il faut *du nouveau*, rien que *du nouveau*, toujours *du nouveau*, et avant tout *des airs nouveaux*. J'étais déjà résolu à laisser mon recueil dans la poussière du comptoir et des vieux registres : « Perdez-vous la tête? » s'écria quelqu'un à qui je faisais part de mes inquiétudes et de ma résolution; « oubliez-vous que votre livre est dédié à la petite Noblesse? et de même que *la qualité* des Baronnes et des Marquises augmente avec les années, de même aussi les airs des Chansons qu'on leur destine ne peuvent que se bonifier et *rajeunir* avec le temps. — Vous avez raison! » m'écriai-je à mon tour; « et le sort en est jeté!! »

I.

A UN GÉNÉRAL

QUI N'EUT PAS BESOIN D'AIEUX POUR DEVENIR LA GLOIRE DE SON PAYS
ET LE SOUTIEN DE SA FAMILLE.

Air : *A soixante ans il ne faut pas remettre.*
ou : *De Préville et Taconnet.*

Toi qu'un Héros a surnommé **LE SAGE**,
Toi qui seras la gloire des Lorrains,
Nos descendants rediront d'âge en âge
Que tu naquis parmi les Plébéiens.
Toi dont le bras a lancé le tonnerre
Au champ d'honneur en des temps glorieux,
C'est ta vertu que le peuple révère,
C'est ta sagesse et non pas tes aïeux.

Wagram, Lutzen, ces grands noms que l'Histoire
A recueillis pour la Postérité,
Diront : « C'est là qu'il fut par la Victoire
De grade en grade au plus haut rang porté. »
Jamais l'orgueil, hochet nobiliaire,
Ne vint ternir ton front victorieux :
C'est ta vertu que le peuple révère,
C'est ta sagesse et non pas tes aïeux.

Arrêtons-nous aux lieux qui t'ont vu naître,
Car à te suivre Éole serait las.
Par des bienfaits ton nom s'y fait connaître :
Chacun bénit le nouveau Stanislas :
Des orphelins tu veux être le père;
A ton aspect le pauvre est radieux :
C'est ta vertu que le peuple révère,
C'est ta sagesse et non pas tes aïeux.

Du malheureux que poursuit l'infortune
Ta modestie aime à suivre les pas :
Avec mystère une main opportune
Verse de l'or et l'arrache au trépas.
Ta grandeur d'âme et ta vie humble, austère,
Sont le tourment de nobles envieux :
C'est ta vertu que le peuple révère,
C'est ta sagesse et non pas tes aïeux.

Vous qui niez nos vingt-cinq ans de gloire,
Fiers descendants de Barons, de Marquis,
Allez, ouvrez le temple de Mémoire,
Cherchez vos noms au milieu des débris :
Vous les verrez écrits sur la poussière;
Mais sur l'airain ce précepte des Dieux :
C'est la vertu que le peuple révère, ⎞
C'est la sagesse et non pas les aïeux. ⎠ *bis.*

II.

AUX COMMERÇANTS DE MA VILLE NATALE.

AIR : *A soixante ans il ne faut pas remettre.*
ou : *Muse des bois et des accords champêtres.*
ou bien : *De Préville et Taconnet.*
ou même : *Dis-moi, soldat, dis-moi, t'en souviens-tu ?*

Chers Commerçants, vous les anciens confrères
D'un père, hélas! comme moi très-*vilain*,
Aux préjugés, vertus nobiliaires,
Joyeux amis, n'opposons qu'un refrain.
Quand un travers de la nature humaine
Par la raison ne peut se corriger,
Chantons! chantons! enfants de la Lorraine,
Il est encor des affronts à venger.

Par le Commerce, espoir de l'Industrie,
Vous vous créez un sort indépendant;
Et plus d'un Noble, aveuglé par l'Envie,
Méprise en vous l'or que sa bourse attend.
Pour le mépris ne rendons pas la haine :
Un gai refrain viendra nous alléger :
Chantons! chantons! enfants de la Lorraine,
Il est encor des affronts à venger.

Parfois l'Ennui (j'en ai l'expérience)
Vient assiéger le plus brillant comptoir :
Consolez-vous; car chez la noble Hortence
Il tient sa cour en un riant boudoir.

Quand un Marquis vous donne la migraine,
En marchandant d'un air fat et léger,
Chantons! chantons! enfants de la Lorraine,
Il est encor des affronts à venger.

Souvent aussi vous voyez la Marquise
Faire en entrant trembler le magasin :
Sans se gêner, de votre marchandise
A son Azor elle fait un coussin.
Ah! si jamais une aigre Châtelaine
Par ses dédains allait vous outrager,
Chantons! chantons! enfants de la Lorraine,
Il est encor des affronts à venger.

Jeunes Commis, vous dont la franche allure
S'étonne un peu d'être nommés *vilains*,
Allez aux bals de votre Préfecture,
Mettez vos noms aux nobles calepins :
Quand la pauvrette, arrangeant sa mitaine,
Semble vous dire : « *Ah! je vais déroger* »,
Chantons! chantons! enfants de la Lorraine,
Il est encor des affronts à venger.

Certains esprits, dédaignant la Patente,
Avec regret l'ont vue aux Électeurs :
Comment punir une morgue insolente,
Le sot orgueil de nos fiers contempteurs?
Si la Noblesse, en son humeur hautaine,
Comme au vieux temps voulait nous diriger,
Chantons! chantons! enfants de la Lorraine,
Il est encor des affronts à venger.

III.

PETITE CONFESSION

D'UN PÉNITENT ENCHANTÉ DE SE REPENTIR.

Air : *Alleluia.*

(Avec accompagnement de gestes au refrain.)

Écoutez, petite Noblesse,
Un Pénitent qui se confesse
D'avoir été presque un *Ultrà.*
      Mea culpa.

J'espérais du vrai royalisme
Moins de morgue et moins d'égoïsme :
Ma crédulité me trompa.
      Mea culpa.

Le paysan de la Vendée
Eut sa chaumière bombardée,
Et par miracle en réchappa.
      Mea culpa.

En sujet modeste et fidèle,
Son pauvre dos servit d'échelle
Pendant que le noble grimpa.
      Mea culpa.

Honneurs, argent, vin de Champagne
Faisaient un long mât de cocagne :
Le petit noble les happa.
      Mea culpa.

En protecteur le Gentilhomme
Dit au Breton : « Pauvre brave homme! »
Puis sur l'épaule il lui tapa.
      Mea culpa.

Bientôt ma propre expérience
Me fit connaître l'insolence
Du parti qui vingt ans rampa.
      Mea culpa.

Son premier mot fut une injure
Pour ma *boutique* et ma *roture* :
La colère alors me crispa.
      Mea culpa.

IV.

Mr GODICHÉVAIN DE QUICHENVILLE,

Grand-Cavalcadour de sa Province,

A SA NOBLE BÊTE.

AIR : *Dis-moi, soldat, dis-moi, t'en souviens-tu ?*

Viens, mon Coursier, *pur sang* de la Lorraine,
Viens, cher objet de mes félicités,
Arrachons-nous aux douceurs de Ta plaine
Pour conquérir l'Éden de nos cités.
Là pour nous deux un triomphe s'apprête,
Et les lauriers vont pleuvoir à foison :
Hennis d'orgueil, ô ma très-noble Bête !
Un jour ta queue (1) ornera mon blason.

---

(1)   Un jour *ta queue* ornera mon *blason.*

Les Armoiries ne sont, comme on peut s'en convaincre à la première vue, qu'un bizarre assemblage de figures grotesques, parmi lesquelles on remarque ordinairement des singes, des perroquets, des hiboux, des licornes, des chevaux, et quelquefois même seulement une tête ou une *queue* de cheval.

Mais, sous ce rapport, il est des Provinces qui se distinguent parmi toutes les

Sans toi mon nom, mon antique noblesse,
S'enfumeraient dans un obscur manoir;
Mais par ta grâce et Marquise et Comtesse
M'ont vu briller comme l'astre du soir.
Quand sur ton dos je relève la tête,
De leur castel on les voit au balcon :
Hennis d'orgueil, ô ma très-noble Bête!
Un jour ta queue ornera mon blason.

autres, et qui méritent la palme du burlesque. Ouvrez, par exemple, LE NOBILIAIRE (ou *Armorial*) de la Lorraine à la page 600 : vous verrez des Armoiries composées principalement d'un *Cochon* (je demande pardon au Lecteur d'employer un tel mot; mais je le prends tel qu'il est *en toutes lettres* dans le *Nobiliaire* lui-même), et l'on pourra se convaincre que le respectable animal placé en regard de cette note n'a pas dégénéré de celui de ses ancêtres sur lequel nous l'avons calqué.

Plus loin vous voyez qu'un écuyer de cuisine du Comte de Vaudemont, ayant été anobli par le Duc de Lorraine, prit pour Armoiries un *Sanglier* avec trois *Muscades au naturel*, et pour cimier une Branche de *muscade* : pourquoi pas *un Bouquet de persil, une Gousse d'ail et un Clou de girofle ?*

Un nommé Rollin, ou Raulin, Sommelier de paneterie (ce qui veut dire chef des Boulangers) du Duc Antoine, ayant été anobli, on lui donna ou il prit pour Armoiries trois *Tourtes* ou *Tourteaux* : pourquoi pas une Galette ou *Quiche* de Lorraine?

A la page 223 dudit *Nobiliaire*, vous voyez sur des Armoiries........ devinez

Viens, à nous deux formons une phalange,
Et de ta queue hérisse un peu le crin :
Sois le coursier d'un Amour, d'un Archange :
Moi *ze selai* ton petit *Célubin* (2).
O noble ami! le bruit de ta conquête
Retentira dans mon noble salon :
Hennis d'orgueil, ô ma très-noble Bête!
Un jour ta queue ornera mon blason.

---

quoi?....... deux RATS. Partant du principe que la Noblesse n'a dû être instituée que pour perpétuer le souvenir des belles actions et des services rendus à la Patrie, vous croyez sans doute que ces deux *Rats* rappellent quelque sublime dévouement. Vous vous imaginez peut-être qu'au siége ou blocus d'une ville ou d'une forteresse, le guerrier qui la commandait, sommé de se rendre, aurait répondu qu'il mange-rait plutôt les *Rats* de la citadelle. Peut-être aussi pensez-vous que ces Armoiries auraient été accordées à quelque chimiste ou apothicaire pour avoir composé ou découvert un poison subtil contre les *Rats*; ou bien à un vaillant gentilhomme qui aurait délivré sa Province, sa Ville ou son Village d'une invasion de *Rats*. Enfin vous vous demandez au moins s'il ne s'agit pas d'un Garde du corps, par exemple, qui aurait exterminé un *Rat* au moment où il allait ronger les *jambons* de son Prince. Eh bien! vous n'y êtes pas du tout : de telles connaissances ne sont pas à la portée de votre intelligence de roturier, et apprenez du *Nobiliaire* de la Lorraine que l'honneur de porter dans ses Armoiries deux *Rats* grimpants à un *Pal de gueules*, et pour Cimier un *Rat naissant*, etc., etc., fut accordé par lettres dûment enregistrées, etc., etc., etc., par la raison que l'illustre impétrant............. s'appelait Monsieur DURAT !!

Ceux qui tiendraient à voir un assortiment complet de nobles bêtes, trouveront, pages 589, 606, 610, 27, 4, 33, 34, 329, etc., etc., des Souris, des Chats, une patte d'Oie, un Limaçon, une tête de Bouc, une Vipère, un Marsouin, etc., etc. : il n'y manque vraiment que des *Crapauds*, des *Huîtres* ou des *Punaises* : et je ne désespère pas d'en trouver en faisant une seconde revue de l'intéressant *Nobiliaire*. Voilà pour la partie vivante des Armoiries.

Maintenant, parmi les objets inanimés, nous trouvons, page 813, trois *Carcans*. Vous frissonnez, et croyez sans doute qu'il s'agit des Armoiries d'un *Bourreau*. Erreur : la noble famille qui s'honore d'avoir dans son blason trois *Carcans*, veut

Je dis, je vole, et déjà la Victoire
Sur mon passage enchaîne tous les cœurs :
O mon Coursier! environs-nous de gloire,
Et de l'amour savourons les douceurs :
Viens, partageons le prix de leur défaite :
A toi l'honneur, à moi noble tendron :
Hennis d'orgueil, ô ma très-noble Bête!
Un jour ta queue ornera mon blason.

---

par là perpétuer le souvenir que le premier de ses ancêtres fut *Prévôt de Nancy*. Mais au lieu de *Carcans*, que n'a-t-elle pris pour Armoiries *la Roue* et *la Potence?*

On n'en finirait pas s'il fallait détailler les objets grotesques, et plus que grotesques, que l'on trouve à chaque page de ce *Nobiliaire* ; mais je supplie les curieux de l'ouvrir au moins aux pages 117 et 832, afin qu'on ne m'accuse pas de calomnie quand je me permets de raconter à mon sérieux Lecteur, que plusieurs nobles

Lorrains ont eu et ont sans doute encore pour Armoiries trois énormes POTS DE CHAMBRE que le pudique *Nobiliaire* appelle *Urinaux*, et dont je puis dire en toute sûreté de conscience : Je les ai vus, dis-je vus, de mes propres yeux vus, ce qu'on appelle vus, *très-distinctement* vus. C'est pour que le Lecteur puisse en dire autant, que je les ai calqués et fait graver en regard de cette note, tels qu'on les voit dans ledit *Nobiliaire*.

Du reste j'aime à espérer que le reproche d'avoir sali cette page par la vue de ces nobles *Pots de chambre* ne retombera pas sur moi, mais sur ceux qui vont chercher des aliments à leur orgueil à côté de telles Armoiries, et jusque dans ces Armoiries elles-mêmes.

Quant à Monsieur *Godichévain de Quichenville*, voici les Armoiries que nous

En mon grand cœur quel autre feu s'allume?
Mars me présente une armure au complet;
Et sur mon front une ondoyante plume
Orne un schapska de son triple reflet :
A mes côtés une lame coquette
Sur le pavé fait un vrai carillon :
Hennis d'orgueil, ô ma très-noble Bête!
Un jour ta queue ornera mon blason.

---

pouvons lui donner, au risque de n'être bien compris que par les initiés à la science du blason :

Quiche au lard *d'or* et *d'argent* sur fond *de gueules*, couronnée, à *senestre*, d'une Queue de rosse hérissée *de sable en champ d'azur*, et pour cimier un *Sénestrochère* armé d'une Cravache et orné de *Lambrequins* aux métaux et couleurs de l'Écu.

Avons en outre octroyé et octroyons audit sieur GODICHÉVAIN DE QUICHENVILLE le droit de prendre pour éperons deux Roulettes à couper la pâte, et de les placer en sautoir en pointe de son Écu.

Donné en notre bonne ville de LOTHAR-SYBARIS, l'an de grâce mil huit cent trente-sept.

Enregistré au trésor des Chartres de la susdite ville.

Pour copie conforme :

Le Vicomte DULARD,
Seigneur de Lestemplume,
Archi-chartrier.

O mon Coursier! d'une grande parade
Pour notre honneur brille enfin l'heureux joui .
Courage, allons! qu'une noble gambade
Excite au loin des murmures d'amour.
Grand Dieu! l'airain fulmine la tempête!
Je sens mon corps trembler sous le frisson :
Hennis d'orgueil, ô ma très-noble Bête!
Un jour ta queue ornera mon blason.

Mais quel coursier de chétive encolure
Paraît là-bas sous un maître roquet!
D'un vil marchand c'est bien là la monture :
A son poil fauve on dirait un baudet.
Avec fierté *ça* redresse la crête,
Et *ça* traîna la laine et le coton :
Hennis d'orgueil, ô ma très-noble Bête! |
Toi, tu seras en pied sur mon blason. | *bis.*

---

(2)   Moi *ze selai* ton petit *célubin.*

Le chapitre des POURQUOI, page 36, a déjà fait connaître le gracieux organe,
héréditaire dans la famille des DE GODICHÉVAIN que l'on trouve disséminée dans
plusieurs Provinces.

—————•000•—————

V.

LE MARQUIS DE RAPIARDAS-CULYS,

Premier Gentilhomme de son Village.

N. B. Si de nobles et délicates oreilles me demandaient compte du nom de CULYS, et voulaient en avoir l'étymologie, je les renverrais à une autorité un peu plus grave qu'un Chansonnier, *l'Armorial Général de France*, qui n'a pas cru déroger à la noblesse du langage, en consacrant une page entière à un Monsieur René De CULON, Écuyer, Seigneur de la Charnaïe, etc., etc. (*D'Hozier, Tome I, page 171.*)

AIR : *Halte-là, la Garde Royale est là.*

Gros manants de ma Province,
Éblouis par mon grand nom,
Vous me prenez pour un Prince,
Et je ne vous dis pas non :
Mon Blason, sans flatterie,
A des *lys* du haut en bas;
Et ma généalogie
Remonte aux Rapiardas :
        Chapeaux bas! (1)
        Chapeaux bas!
Vils roturiers, chapeaux bas!

(1)   Chapeaux bas!
                Chapeaux bas!
        Vils roturiers, chapeaux bas!

Le Marquis DE RAPIARDAS-CULYS est, dit-on, allié au Marquis De Carabas et à la Marquise de Pretintaille.

Un grand char est ma litière;
Je possède un grand château;
J'ai fusil, j'ai carnassière,
Et je puis dire : « *Tout beau!* »
Dans mes bois en grande chasse
J'imite les Potentats;
Mais si l'orage me chasse,
Je reviens chasser mes rats :
     Chapeaux bas!
     Chapeaux bas!
Vils roturiers, chapeaux bas!

Sans créneaux et sans tourelles,
Je n'en suis pas moins Seigneur,
Seigneur pour les pastourelles
Qui se disputent mon cœur :
Et quoique dans mon village
Le fils d'un marchand de bas
Me refuse son hommage
Et se ligue au savon gras,
     Chapeaux bas!
     Chapeaux bas!
Vils roturiers, chapeaux bas!

D'une famille princière
Ma femme a reçu le jour,
Et son ton de roturière
Se radoucit pour l'amour.
Elle est laide, je l'avoue,
Mais elle a des falbalas;

Souvent elle fait la moue :
Les Ducs ne la font-ils pas?
   Chapeaux bas!
   Chapeaux bas!
Vils roturiers, chapeaux bas!

Acariâtre et mégère,
Elle tonne en ma maison;
Mais elle est bonne lingère
Et ménage mon Blason.
Jadis plus impérieuse
Elle fit plus grand fracas :
Je la quittai furieuse.......
Mais la voici..... parlons bas.
   Chapeaux bas!
   Chapeaux bas!
Vils roturiers, chapeaux bas!

L'air effaré de ma femme
Sur ma fille rejaillit.
Elle voudrait être Dame;
La pauvre enfant en vieillit.
Comme l'herbe des prairies,
Amour, tu la sécheras :
De l'or, dix mille furies!
Sans or tu ne l'auras pas!
   Chapeaux bas!
   Chapeaux bas!
Vils roturiers, chapeaux bas!

Amour, malgré ton délire,
De grâce encore entends-moi :
Trouve à ma vierge et martyre
De l'or du meilleur aloi :
Alors ouvrant mes entrailles
Nous ferons joyeux repas,
Et le soir des épousailles
Te livrera ses appas.
    Chapeaux bas !
    Chapeaux bas !
Vils roturiers, chapeaux bas !

On me raille et l'on badine
En me surnommant *Finot* :
Par mon très-*fin* nez de fouine
Finot, *Finot* n'est pas sot :
Quand on a fille jolie,
Des *lys* et des vins muscats,
Ce serait grande folie
De les lâcher sans ducats :
    Chapeaux bas !
    Chapeaux bas !
Vils roturiers, chapeaux bas !

VI.

LA GÉNÉALOGIE,

ou

LES NOBLES AÏEULES

D'un Gentilhomme de Village.

Air *de la Gaudriole.*
ou : *La bonne aventure, ô gué!*

Parmi les nobles Lorrains
   Je porte bannière :
Pour s'allier aux *vilains*
   Ma race est trop fière :
Noblement je les fuirai,
Et par là j'imiterai
   Ma noble grand'mère
     O gué !
   Ma noble grand'mère.

Mon aïeul un peu trop vieux
   Soignait un parterre :
Colin, jeune et vigoureux,
   Faisait son affaire :
Un jour portant un bouquet
Il glissa sur le parquet
   Avec ma grand'mère
     O gué !
   Avec ma grand'mère.

Mon bisaïeul l'usurier
    Faisait une enchère,
Assisté de son huissier
    Et de son notaire :
Pendant que les *feux* brûlaient
Les petits clercs rallumaient
    Ceux de ma grand'mère
        O gué !
    Ceux de ma grand'mère.

Mon trisaïeul, grand chasseur,
    Traquait sur sa terre;
Mais au gîte par malheur
    Il vit un confrère :
Un chasseur toūt équipé
Était sous le canapé
    De ma grand'grand'mère
        O gué !
    De ma grand'grand'mère.

Mon sexaïeul, le Baron,
    Venant de la guerre,
Trouva chez lui l'éperon
    D'un beau militaire :
(C'était sous le Duc René)
On railla l'air chiffonné
    De ma grand'grand'mère
        O gué !
    De ma grand'grand'mère.

VII.

LES NOBLES DAMES DE PROVINCE,

ou

LE DIALOGUE EN CHANSON.

AIR : *Tra la la la, l'amour est là.*

La Comtesse.

La Comtesse un peu paresseuse
A la messe arrive au *credo* :
« Je veux être avant ma tailleuse,
« Vite écartez-la, vieux Bédeau :
« Je veux qu'on m'entende à confesse
« Avant ces *vilains* que voilà. »
Les Vilains.   — « Tra la la la, belle Comtesse,
« Tra la la la, le Suisse est là. »

La Demoiselle de cinq cents ans.

Voulant rajeunir sa tournure,
Noble beauté *de cinq cents ans* (1)
Choisissait légère parure
Chez sa marchande de rubans :

---

(1)   Noble beauté *de cinq cents ans.*

Pour l'explication de ce couplet et du suivant, voyez le chapitre des Pourquoi, aux pages 37 et 38.

En marchandant elle déplace
Et culbute ceci, cela :

La Marchande. — « Tra la la la, laissez de grâce,
« Tra la la la, ces rubans là. »

La noble « Insolente! s'écria-t-elle,
Demoiselle. « Parler ainsi, troubler les sens
« A moi très-noble demoiselle,
« Demoiselle *de cinq cents ans!* »

La Marchande. — « Quand vous en auriez *cinq cent mille*,
« Noble antiquaille, on vous dira :
« Tra la la la, vieille sibylle,
« Tra la la la, ma porte est là. »

La noble Danseuse.

« Au bal de notre Préfecture
« On reçoit et Noble et Manant ;
« Il est infecté de Roture :
« Je n'ose y choisir un amant.
« Hélas! une mésalliance
« Étoufferait mon cher Papa » :

Un Roturier. — « Tra la la la, ma noble Hortense,
« Tra la la la, n'allez pas là. »

La Danseuse « Pour la valse et la contre-danse
a sa noble mère. « On envahit mon calepin :
« Maman, il faut donc que je danse
« Avec le noble et le *vilain!*

La noble mère à sa fille. — « Pour un *vilain*.... la dix-neuvième....
« Encor, ma fille, effacez-la :
« Tra la la la, c'est mon système,
« Tra la la la, pour ces gens-là. »

La Duchesse.

« Le Français pour son inconstance
« En Europe n'a point d'égal :
« On verra notre bonne France
« Revenir au temps féodal :
« Alors au seul nom de Noblesse
« Le peuple se découvrira » :

Le Peuple. — « Tra la la la, belle Duchesse,
« Tra la la la, l'honneur est là. »

La Baronne.

« Mon cher Baron, la Chansonnette
« Veut plaire à l'ignoble Comptoir :
« A nos dépens tenant buvette
« Elle raille notre manoir :
« Et vite qu'on me l'emprisonne,
« Et chantons un *alleluia* » :

L'Auteur. — Tra la la la, belle Baronne,
Tra la la la, mon Juge (1) est là.

_____

(1) Le Jury.

VIII.

LES NOBLES CHASSEURS DE LA LORRAINE.

Air : *Tonton, tontaine, tonton.*

Nobles Chasseurs de la Lorraine,
Nobles braconniers du grand ton,
Tonton, tonton, tontaine, tonton,
    Pendant que vous chassez en plaine,
    Le *manant* traque le blason,
        Tonton, tontaine, tonton.

Jadis vos valeureux ancêtres
Savaient gagner leurs éperons,
Tonton, tonton, tontaine, tonton :
    Vous, grands chasseurs et petits maîtres,
    Vous les cherchez dans les buissons,
        Tonton, tontaine, tonton.

Aux cailles de votre Province
Vous envoyez et poudre et plomb,
Tonton, tonton, tontaine, tonton :
    Mais pour défendre votre Prince (1)
    Vous craignez la poudre à canon,
        Tonton, tontaine, tonton.

---

(1)   Mais pour défendre *votre Prince*
    Vous craignez la poudre à canon.

Pourrait-on croire que la Noblesse de cette Province, si empressée d'encombrer les antichambres de Charles X, cette petite Noblesse qui pullulait sous ses pas lors

Pour les Chasseurs de la Roture
Vous prépariez Martin-bâton,
Tonton, tonton, tontaine, tonton :
Mais ses pavés et son armure
Vous firent bien changer de ton,
Tonton, tontaine, tonton.

Le meilleur pain est pour vos meutes;
Mais au peuple le pain de son,
Tonton, tonton, tontaine, tonton :
Si vous avez peur des émeutes,
Profitez de notre leçon,
Tonton, tontaine, tonton.

---

de son voyage dans cette partie de la France, et qui semblait s'être imposé la tâche de monopoliser à son profit l'accès du Prince, pourrait-on croire que cette même Noblesse avait refusé un asile au Comte d'Artois en 1814?

A son arrivée dans une ville que je pourrais nommer, on alla frapper à plusieurs *nobles* portes : toutes lui furent fermées. Il fallut qu'un *plébéien*, un *roturier*, un *petit bourgeois*, un homme *de rien*, se résignât à braver la police secrète et le courroux de l'Empereur, et ce qui est plus terrible encore, l'esprit de parti! Sa maison bien modeste, bien retirée, fut mise à la disposition du frère de Louis XVI.

Le Prince n'était point ingrat : le dévouement du plébéien fut récompensé à la manière de l'ancienne Monarchie : il fut *anobli* et nommé Préfet de son Département. Les *Napoléonistes* (comme on les appelait alors) comprirent eux-mêmes que la récompense devait suivre le dévouement. Mais la Noblesse! quel ne fut pas son dépit! en quels termes ne s'exhala-t-il pas! L'hôtel de la Préfecture occupé par un *parvenu!* Avoir pour Préfette une *petite bourgeoise* qui ne savait pas faire la révérence dans les formes! N'était-ce pas là en effet un bien rude soufflet donné à tous ces *pantins titrés* qui se croyaient beaucoup plus dignes de faire les honneurs des salons de la Préfecture!

IX.

LE MARQUIS DE BROCANTON,

ou

Le Noble Brocanteur.

N. B. Des auteurs un peu plus graves qu'un Chansonnier ont fait observer très-judicieusement que la Noblesse, tout en affectant un profond mépris pour le Commerce, n'avait pas la même aversion pour les avantages ou les *bénéfices* qui en résultent : et la preuve qu'ils en donnent, c'est l'empressement de cette même Noblesse à faire fructifier ses capitaux dans les sociétés *de commerce*, en commandite ou *anonymes*, qui, par leur nature, lui garantissent le secret, et lui épargnent *la honte* de voir figurer *de nobles noms* dans des opérations *commerciales*.

Il y a dans une certaine Province certains Nobles qui, pour arriver plus rapidement au même but, se mettent à l'affût de toutes les ventes *forcées*, achètent, vendent et revendent toutes les vieilleries qui peuvent leur offrir *du lucre ;* et par ce trafic, qui n'exige ni *enseigne* ni boutique, ils réalisent d'immenses bénéfices, mais *sans déroger*, et sans perdre le droit de mépriser le Commerce et les Commerçants *patentés*. Voilà ce qu'il faut entendre ici par *Noble Brocanteur*.

———

AIR : *Quels dînés, quels dînés, les ministres m'ont donnés !*
       Oh ! que j'ai fait de bons dînés !
ou : *J'ons un curé patriote.*

Au grand jour, sur une enseigne,
Afficher mon noble nom !
J'aimerais mieux voir la teigne
Sur la peau de ma Junon :
Quoi ! l'on dirait en passant :
« Monsieur DE... c'est mon marchand » :
      Quelle horreur !
      Quel malheur !
Pour fuir un tel déshonneur
Je me fais noble Brocanteur.

J'entendrais ma noble épouse
Dire en ouvrant son comptoir :
« Huit et quatre font bien douze,
« Merci, monsieur, au revoir »;
On lui dirait sans façon :
« Madame De... du savon » :
  Quelle horreur!
  Quel malheur!
Pour fuir un tel déshonneur,
Je me fais noble Brocanteur.

Je verrais ma noble fille
Amadouer les chalands,
Et Saint-Flaneur, mon grand Gille,
Leur faire des compliments;
Et puis entrerait Margot :
« Monsieur De... de l'indigo » :
  Quelle horreur!
  Quel malheur!
Pour fuir un tel déshonneur
Je me fais noble Brocanteur.

Au milieu de la mélasse,
En blanc bonnet de coton,
On me dirait : « Boniface,
« De l'huile et de l'amidon »;
Et si j'augmentais mon suif :
« Monsieur De... c'est être *juif* » :
  Quelle horreur!
  Quel malheur!

Pour fuir un tel déshonneur
Je me fais noble Brocanteur.

J'aurais toujours à l'oreille :
« Ce cachemire est taré;
« Cette étoffe... oh! la pareille
« Vaut mieux chez *Arnoult-Doré* » ;
Et quand j'aunerais mes draps :
« Monsieur DE... ne tirez pas » :
    Quelle horreur!
    Quel malheur!
Pour fuir un tel déshonneur
Je me fais noble Brocanteur.

J'irais prendre une patente,
Et me charger d'un loyer!
Mais, que le diable me tente!
J'irais plutôt me noyer :
Suer l'eau, suer le sang,
Pour attraper six pour cent :
    Quelle horreur!
    Quel malheur!
Pour fuir un tel déshonneur
Je me fais noble Brocanteur.

X.

L'UNIFORME DU CARABIN.

Air *de la Catacoua.*

L'uniforme près de nos dames
Est un merveilleux talisman :
Soudain il attise leurs flammes
Plus vite qu'un propos galant :
Il vaut mieux pour mainte prouesse
Qu'un beau discours grec ou latin :
    En vrai lutin,
    Un peu mutin,
En franc lutin et joyeux diablotin,
  Je leur ferai voir la souplesse
  De l'uniforme carabin.

Je froisserai de la modiste
Le chapeau coquet et léger ;
Je fanerai de la fleuriste
La couronne en fleurs d'oranger ;
Puis finissant par la Comtesse,
Je chiffonnerai du satin :
    En vrai lutin,
    Un peu mutin,
En franc lutin et joyeux diablotin,
  Je lui ferai voir là souplesse
  De l'uniforme carabin.

8

De la Comtesse à la Baronne
Redescendant un échelon,
Je courtiserai la luronne
A la barbe de son baron;
Puis remontant à la Duchesse
Je deviendrai son chérubin :
    En vrai lutin,
    Un peu mutin,
En franc lutin et joyeux diablotin,
Je lui ferai voir la souplesse
De l'uniforme carabin.

J'oubliais la belle Marquise
Fourmillant au pays Lorrain;
Mais on prétend qu'elle méprise
L'Amour sous les traits d'un *vilain* :
S'il faut un titre de noblesse,
J'achèterai (1) du parchemin :
    En vrai lutin,
    Un peu mutin,
En franc lutin et joyeux diablotin,
Je lui ferai voir la souplesse
De l'uniforme carabin.

---

(1)   *J'achèterai* du parchemin.

On sait que les Ducs de Lorraine, ayant besoin d'argent, imaginèrent, pour remplir leurs coffres-forts, de spéculer sur les ridicules préjugés de leur époque, et d'accorder des titres de noblesse moyennant une certaine somme.

Le Nobiliaire de la Lorraine nous fournit lui-même la preuve que les titres de Noblesse se *vendaient* dans cette Province, par le soin qu'il met à dire de temps en temps : « Un tel *anobli* SANS FINANCE » : ce qui prouve que tous ceux, ou presque tous ceux pour lesquels il ne fait pas cette remarque, ont été anoblis *contre écus*.

Les Rois de France aussi eurent recours au commerce des titres, mais avec beaucoup moins de fureur qu'en Lorraine. Parmi quelques Édits sur cette matière, on peut citer celui du mois de janvier 1568 ordonnant l'anoblissement, MOYENNANT FINANCE, de douze personnes qui devaient être nommées par le Roi.

XI.

LE NOBLE COLLÉGIEN

ET SA NOBLE MÈRE.

Air : *Zon, zon, zon, zon, zon, zon, zon!*
Le fouet petit polisson!
ou : *Pan, pan, pan.*

Salut! charmant Professeur :
Vous voyez une Marquise
Dont le fils suit de grand cœur
Le collége en amateur.
Zin, zin, zin, zin, zin, zin, zin!
Voici ce qui me défrise :
Zin, zin, zin, zin, zin, zin, zin!
Un *manant* est son voisin.

Malgré sa noble grandeur,
Comptant sur un apanage,
Mon fils est un peu dormeur,
Très-paresseux, et causeur.
Zin, zin, zin, zin, zin, zin, zin!
Quand il fera du tapage,
Zin, zin, zin, zin, zin, zin, zin!
Un *pensum*...... à son voisin.

Digne fils de ses aïeux,
Son orgueil est intraitable,
Son ton fat et dédaigneux,
Et son geste un peu hargneux :

8.

Zin, zin, zin, zin, zin, zin, zin!
Des coups de pied sous la table :
Zin, zin, zin, zin, zin, zin, zin!
Deux *pensum*...... à son voisin.

En lui *la bosse du vol*
Est un malheur de naissance :
Je ne puis punir mon Paul
Pour aimer *le tir au vol.*
Zin, zin, zin, zin, zin, zin, zin!
Pour mon fils de l'indulgence :
Zin, zin, zin, zin, zin, zin, zin!
La prison pour son voisin.

Quel beau jour! voici les Prix;
Nous pouvons chanter victoire :
Mon fils a si bien appris;
D'ailleurs n'est-il pas Marquis!
Zin, zin, zin, zin, zin, zin, zin!
Pas même le prix d'histoire!
Zin, zin, zin, zin, zin, zin, zin!
Tous les prix pour son voisin.

XII.

LA VILLE-VIEILLE ET LA VILLE-NEUVE
D'UNE VILLE DE PROVINCE.

N. B. Dans une foule d'autres villes, on distingue *la Ville-haute* et *la Ville-basse :* ce qui revient au même.

Air *du Voyage au pays de Cocagne, ou : L'ombre s'évapore.*

Ah ! j'en perds haleine,
Je cours en Lorraine
Voir la Cité pleine
De petits Marquis.
J'arrive à la porte (1) :
Le Diable m'emporte !
D'une ville forte
Je vois les débris.

La citadelle,
Dieu ! qu'elle est belle !
Une chandelle !
Ou je n'y vois point.
La *Vieille-ville*
Est bien tranquille :
D'une Sybille
On dirait le coin.

(1) J'arrive à la porte.

Cette porte n'est pas ordinairement la porte d'entrée pour ceux qui arrivent de Paris ; mais j'aime mieux faire un petit détour, afin d'avoir le plaisir d'entrer par la Ville-vieille.

Là, dans sa paresse,
La vieille Noblesse
Nuit et jour caresse
Son vieux parchemin.
Vers la Pépinière,
Non loin du Calvaire,
J'écris sur la pierre :
Faubourg Saint-Germain.

C'est là que Lise
Frise et refrise
Belle Marquise
Qui se lève tard.
Mais la Baronne
Aussi la sonne,
Et la luronne
Demande son fard.

Ici le gros Comte
Sans relâche compte
Avec le Vicomte
Le fonds du trésor;
Puis à la cuisine
Il joue et badine;
Mais dès que l'on dîne
Il fait le milord.

Noble dévote,
Hautaine et sotte,
Plus loin marmotte
En priant saint Luc :
« O sainte Vierge !
« Par mon grand cierge !
« Je prends la serge
« Ou bien l'Archiduc. »

Pour voir une belle
J'entre à la chapelle :
Un prêtre en dentelle
Leur fait le sermon.
C'est pis qu'une fête :
Quand il fait la quête,
Chacune repète :
« Dieu ! qu'il est mignon ! »

Même à l'Eglise,
Quelle surprise !
L'orgueil divise
Chapeaux et bonnets (1);
Et l'arrogance,
La suffisance
Avec constance
Bravent les caquets.

_____

(1) Voyez le chapitre des CONTRASTES, à la page 72.

Mais quel tintamarre,
Quel concert barbare,
Quelle aigre fanfare
Me rompt le tympan?
J'entends des trompettes
Et des clarinettes,
Le serpent-sonnettes,
L'ours, le pélican......

Ah! c'est la foire!
Il nous faut boire
La bière noire :
« Des gaufres! garçon. »
Vers la guinguette
Jeune grisette,
Vive et follette,
Jette un œil fripon.

Fillette plus sage,
Avec étalage,
Pour le mariage
Nous tend ses lacets.
Brillante parure,
Mignonne tournure
Et blanche encolure :
Voilà ses filets.

C'est un délire;
Chacun soupire;
Et moi de dire :
« Quel est ce *frac vert ?* »
    — « Rameau de chêne,
    « Poignard en gaine,
    « C'est la dégaine
« Des gens du bel air. »

Oh ! que d'épaulettes !
Et que d'aiguillettes !
De fières aigrettes,
Et que de lorgnons ! !
Élégants panaches,
Coquettes moustaches,
Même des cravaches !
Et que d'éperons ! ! !

L'éperon sonne,
On nous talonne,
On nous fredonne :
« Arrière, *vilains !* »
    Qui donc nous foule
    Et nous refoule ?
    C'est une foule
De nobles gamins.

Là, sur une chaise,
Certaine niaise
Méprise à son aise
Le fils d'un *marchand;*
Tandis que, derrière,
Un malin compère
Devient *antiquaire*
En la crayonnant.

Vite je passe
A l'autre place....
Dieu! quelle masse
De bronze ou d'airain!
Je considère
Ce front prospère....
Ah! c'est le père
Du peuple lorrain!

Je .passe la grille,
Puis je me faufile
Dans la Neuve-ville,
Et j'y suis déjà :
Cette *Camisole!* (1)
Ah! Dieu! qu'elle est drôle!
C'est la Gaudriole
Du vieux PONT-MOUJA.

---

(1)   Cette *Camisole!* etc.

Autant que je puis m'en souvenir, j'ai vu en passant dans cette ville une maison
de commerce qui a pour enseigne : A LA CAMISOLE ROUGE; en face est une fontaine
nommée, à ce que je crois, *la fontaine du Pont-Moujà*; et près de la fontaine,
une Librairie et un Salon littéraire.

Cette Fontaine!
C'est l'Hippocrène
De la Lorraine
Où je veux puiser.
Bonjour, Libraire!
Quasi-confrère,
D'un bon Madère
Veux-tu m'arroser?

Partout des banquettes,
Des maisons proprettes,
De belles (1) *cornettes*......
Oh! c'est un Éden!
Ici la modiste,
Plus loin la fleuriste,
Pas un minois triste,
Et plus de dédain!!

---

(1)   De belles *cornettes.*

Cornettes ou chapeaux de paille, par exemple, dont nos élégantes de Paris n'ont pas dédaigné d'adopter la forme.

FIN.

Typographie de Firmin Didot frères, rue Jacob, 56.

www.ingramcontent.com/pod-product-compliance
Lightning Source LLC
Chambersburg PA
CBHW060822250626
47162CB00005B/1900